马振骋译文集

忏悔录

〔法〕让-雅克·卢梭 著

马振骋 译

人民文学出版社
PEOPLE'S LITERATURE PUBLISHING HOUSE

图书在版编目(CIP)数据

忏悔录/(法)让-雅克·卢梭著;马振骋译.—
北京:人民文学出版社,2021
(马振骋译文集)
ISBN 978-7-02-014842-4

Ⅰ.①忏… Ⅱ.①让… ②马… Ⅲ.①自传体小说-
法国-近代 Ⅳ.①I565.44

中国版本图书馆 CIP 数据核字(2019)第 013058 号

责任编辑 甘 慧 张玉贞 汤 淼
封面设计 钱 珺

出版发行 人民文学出版社
社 址 北京市朝内大街 166 号
邮政编码 100705
网 址 http://www.rw-cn.com

印 刷 杭州钱江彩色印务有限公司
经 销 全国新华书店等

字 数 192 千字
开 本 890 毫米×1240 毫米 1/32
印 张 6.75
版 次 2021 年 1 月北京第 1 版
印 次 2021 年 1 月第 1 次印刷

书 号 978-7-02-014842-4
定 价 49.00 元

如有印装质量问题,请与本社图书销售中心调换。电话:010 - 65233595

目录

译序

一 卢梭的身世

一七一二年六月二十八日，让-雅克·卢梭出生于日内瓦。父亲是钟表匠，母亲在他出生十天后即遽然去世。让-雅克自幼由姑母苏珊·卢梭抚养。一七二二年，父亲离开日内瓦，正式定居尼翁。让-雅克和表兄被寄养在离日内瓦不远的博塞城朗贝西埃牧师家。一七二四年他回日内瓦住在舅舅家，跟随一名文书当学徒。父亲在一七二六年再婚，第三年卢梭去昂西，由一名神父介绍他去见德·华伦夫人。夫人派他去都灵新教士教育院，在那里卢梭宣誓放弃新教信仰。他在都灵时曾在德·韦塞利夫人家当了三个月仆人，后来又侍候德·古封伯爵。

一七二九年卢梭回昂西住在德·华伦夫人家，然后在拉萨尔派神学院过了数月，成了大教堂唱诗班见习生。其间又去弗里堡、洛桑，在纳沙特尔教音乐课。一七三六年，卢梭和德·华伦夫人首次住进秀美园。次年根据日内瓦法律，卢梭成年，去日内瓦接受母亲的遗产。他动辄得病，对健康日益不安。一七三八年他回秀美园遭到德·华伦夫人的冷遇，于是一人发奋自学。一七四二年卢梭到了巴黎，经人推荐向法兰西科学院宣读他的《音乐新符号建议书》，为此获得一份证书。一七四三年卢梭当了德·蒙泰古伯爵的秘书，伯爵到威尼斯当大使，他随同前往，但不到一年即与德·蒙泰古闹翻，回到巴黎。在一家公寓居住时，卢梭遇到洗衣妇泰蕾兹·勃·瓦瑟，一七四五年三月与她同居。他完成歌剧《风流诗神》，结识了狄德罗和孔蒂亚克。他还把伏尔泰和拉莫合作的《拉米尔的节日》编为歌剧。

一七四六年他做了杜平夫人的秘书。在杜平的乡间住宅中，卢梭写了一出诗剧——《西尔维的幽径》。他的第一个孩子出世，被他送入孤儿院。一七四七年父亲故世。他写出喜剧《冒失的订约》。一七四九年应达朗贝尔之约，撰写《百科全书》中的音乐条目。他计划参加第戎学院组织的论文竞赛。一七五〇年，第戎学院向卢梭《论科学与艺术的昌明会敦化抑或败坏风俗》一文授奖。

一七五二年十月，他的喜歌剧《乡村先知》在枫丹白露宫法国国王路易十五驾前演出，获极大成功。国王要召见他，他却没有前往。一七五四年卢梭由泰蕾兹陪同前往日内瓦，重新皈依加尔文教派，恢复日内瓦公民身份。一七五五年撰写《论人类不平等的起源》。一七五六年卢梭和泰蕾兹住进德比内夫人家的隐庐，开始写《新爱洛伊丝》。一七五七年与狄德罗争吵，后又和解。又与德比内夫人不和，十二月迁出隐庐。卢梭感到幻想失落的悲哀——爱情和友谊都把他抛弃了。他开始怀疑存在一个巨大的阴谋：所有的老朋友串通一气要坑害他。他精神颓唐，放弃了许多写作计划。但是他又幻想得到权贵的保护，于是接受德·卢森堡元帅的好意，住进蒙莫朗西的蒙路易花园。

一七六一年《朱丽》(或名《新爱洛伊丝》)在巴黎出版,获巨大成功。一七六二年发表《致德·马勒泽尔布先生的信》(2月)、《社会契约论》(4月)、《爱弥儿》(5月)。不久《爱弥儿》一书被警察没收,在巴黎(索尔邦)大学受到批评,遭国会查禁。卢梭风闻当局下令逮捕他,立刻逃往瑞士,到达伊弗东,匿身在沃德山村。这时日内瓦也查封《爱弥儿》和《社会契约论》,日内瓦当局还下令逮捕卢梭。卢梭只得再次逃亡,躲在属普鲁士的纳沙特尔公国内的莫蒂埃。

一七六四年写《山中书简》。十二月日内瓦出版匿名小册子《公民的感情》,影射卢梭遗弃自己的五个孩子,把他们送进孤儿院,这促使卢梭决定写《忏悔录》。一七六五年卢梭被逐出莫蒂埃,去了比安湖中的圣彼得岛,隐居两个月后逃至斯特拉斯堡,又去巴黎,后受英国哲学家休谟邀请前往英国。没过几个月卢梭与休谟发生争吵,写小册子相互指责。伦敦与巴黎的舆论界对这场争吵非常关注。一七六七年英国国王乔治三世同意给卢梭每年一百英镑年金。卢梭离开英国伍顿,之后行踪不定。一七六八年他带了图书和在岛上采集的植物标本前往里昂,到格勒诺布尔,经过尚贝里,在布古万住下,八月与泰蕾兹正式完婚。

一七七〇年卢梭去里昂参加伏尔泰塑像揭幕典礼,回巴黎住下,这时《忏悔录》手稿开始在密友中间传阅。一七七四年他跟德国音乐家格鲁克来往,为《乡村先知》重谱乐曲。一七七六年,《对话录:让-雅克评论卢梭》完稿,又写《孤独散步者的遐想》第一卷。他身体衰老，生活困难，泰蕾兹生病也有多时。一七七八年七月二日卢梭逝世，葬于杨树岛。一七九四年，在法国大革命五年后，其遗骸迁葬于巴黎先贤祠。

卢梭综述自己一生的三部书都发表于身后：《忏悔录》（1782 年前六卷，1789 年全文本）、《孤独散步者的遐想》（1782）、《对话录：让-雅克评论卢梭》（1789）。

二 《忏悔录》的产生与出版

一七六一年年底，荷兰编辑雷依向卢梭表示，希望在他的全集卷首附一篇作者生平。卢梭答复说，这么一篇文章会牵连到许多人。可是他在《新爱洛伊丝》这部书中已显露撰写自传的意思，要采用小说的形式，有点儿像《爱弥儿》一书的结构。这次在婉言谢绝雷依的建议后不久，他却向德·马勒泽布尔先生寄出著名的四封信，为自己画像，这可以算是《忏悔录》的正式前奏。他在信中为自己的志趣辩解，同时又否认自己是大家所说的那种愤世嫉俗的人。

一七六二年六月，发生了一件事，对卢梭来说不啻是一个晴天霹雳：巴黎议会查禁《爱弥儿》，并下令逮捕作者。卢梭仓皇外逃。从此以后，他一直写文章在舆论面前为自己辩护。一七六四年他寄身在属纳沙特尔伯爵封邑的莫蒂埃，收到不知谁寄来的《公民的感情》一书。他没有认出真正的作者是伏尔泰，但是相信这部书是在他的老朋友德比内夫人指使下写的。这本小册子满篇粗话，对丧失天良抛弃子女的父亲，对泰蕾兹・勃・瓦瑟的情人，对卢梭标榜献给美德的一生中所有的恶行，做了可怕的揭露。卢梭这时才真正想到要写回忆录，争取后人的理解，不让敌人对他的身世抹黑。

尽管他萍踪浪迹，撰写《忏悔录》的工作却没有中断过。一七六六年年底，第一部分完稿。那时他在第六章结尾中说："后来年事稍长而做了些好事，本来也会以同样的坦诚提起，这原是我的计划。但我必须在此搁笔。"可是经过两年的沉默，他认为敌人还在不断施展阴谋，他是这个阴谋的牺牲者，若不予以还击，他将遗臭万年。一七七〇年年底卢梭写到第十二章，他原来还计划写第三部分，最后放弃了。

《忏悔录》共有三份手稿。第一份——最早的那份——是不完整的，在第四章便中止了，在受委托人杜・贝伊鲁逝世后交给了纳沙特尔图书馆。第二份是全的，保存于巴黎议院图书馆。还有一份就是日内瓦手稿，卢梭把此稿定为发表的文本。

根据卢梭的意愿，《忏悔录》似乎应该在他逝世后很久才可以发表。可是第一部分在他死后四年就出版了。作者的敌人那时还健在的并没有受到影响。第二部分发表于法国大革命爆发的一七八九年。有人说这些其实都是卢梭本人巧妙的安排，他深知这部书秘而不宣，或者引而不发，必然会使敌对集团深感不安。他在一七七〇年正式定居巴黎，至少三次在沙龙里朗读了他的《忏悔录》，这是在给他们制造不安吗？有一点是可以肯定的，他确实把德比内夫人吓着了。她要求警察干预，向卢梭交涉，让他停止朗读后着手撰写自己的回忆录。休谟早在一七六六年后就发表了他与卢梭争吵的经过，狄德罗在《克洛德和奈龙的政绩》一文暗中攻击他的老友。《忏悔录》在出版前就引起热烈讨论与争辩，这就是成功的保证。

三　卢梭以前的忏悔录

卢梭不论在序言还是正文中，都口口声声要写一部独一无二的作品以昭示后人。他这部书的书名使人想起圣奥古斯丁（公元354—公元430）的《忏悔录》。卢梭未必直接读过原书。但是他在《忏悔录》第一部分中提到他阅读过勒·苏厄尔《教会史与帝国史》，至少他从中可以看到圣奥古斯丁《忏悔录》的部分摘录。还有他在秀美园读过耶稣会著作，必然使他接触到奥古斯丁学说。但是，即使有人认为卢梭在万森的顿悟犹如一种上天的启示，从而产生精神改革，类似圣奥古斯丁弃绝摩尼教而皈依基督教，还是应该说卢梭的心事与忏悔观念跟他的圣人先驱是很不相同的。

十六世纪最有影响的思想家之一蒙田，他的《随笔集》也有点自传的意味。但是卢梭在提到他时口气很不尊重："我把蒙田看作这类假老实的带头人物，他们讲真话也为的是骗人。他暴露自己的缺点，但是只暴露一些可爱的缺点，没有一个人没有可憎的缺点。蒙田把自己画得酷似本人，但是只画了个侧面。"然而在我们看来，卢梭和蒙田在精神上倒不是没有亲缘关系的。蒙田《随笔集》的结论，如"知道光明正大地去享受自己的存在，这是神圣一般的绝对完美"，这岂不是在准确地申述卢梭《忏悔录》中追求的幸福公式？这两本书的目标毕竟很相近，卢梭说到蒙田时气势汹汹，或许更说明他恨自己没能完全摆脱蒙田著作的影响。

十七世纪许多劝人为善的回忆录出版问世，到了十八世纪又风行以第一人称撰写、作为正式回忆录发表的小说，这些对卢梭《忏悔录》体裁的形成肯定不会毫无作用。

以上所说七零八碎的影响，只是说明卢梭在写自传体小说或者小说体自传方面，不是一个绝对的创新者。但是他像所有的大作家，懂得借鉴自己时代的新倾向，运用当时还摇摆不定的探索，创造了一部独特的作品。从这点来说，人们可以同意他的看法，他的这部作品是独一无二的。

四 创作意图

《忏悔录》撰写前前后后的情况，都说明卢梭最初只是要为自己辩护。对他来说这是一场诉讼，在这场诉讼中他扮的角色是被告，原告是他从前的那些朋友。他们挥舞他写的书作为罪证，列举他的种种丑恶行为，并作出这个不容驳回的判决：让-雅克是一个野人、一个坏蛋、一个魔怪。

卢梭认为他这名被告做的最佳辩护，莫过于把自己的精神肖像一丝不苟地如实画出来。他"要他的灵魂在读者眼里是透明的"。他把人们指责他的缺点说个透彻，还承认其他一些埋在心底、无人知晓、时时引起他内疚的缺点。同时他还说，"一个人内心不管如何纯洁，没有不隐藏一些可憎的罪恶"。他生平每个想法、每个行动都有一种含义，这种含义有时由他直接解释，有时让读者跟他一起去发现。同时我们还看到《忏悔录》是整个一生的镜子，叙述这一生完全是为了个人。他把这部书当作遗嘱来写，写的时候只怕来日无多而不能写完，写完后又不愿留给同时代人而要留给后世人去看，这些说明卢梭写这部书的思想上的复杂性。

在隐庐订立的写作计划中有一部大著作，书名可称为《感性伦理学》或《贤者唯物主义》。他认为"大部分人在生命过程中常常不像他们自己"。从这个论点出发，卢梭建议自己"寻找这些变化的原因，研究那些取决于我们个人的原因，指出我们怎样掌握它们，以便使自己变得更好"。他很快放弃了这项工作，因为这样一部著作的深度和广度令他却步，但是在《忏悔录》中却提到和阐明了那部作品所支持的论点。这也说明卢梭为什么在《忏悔录》中细心叙述每件小事，从中去寻找人性屈从于物质世界和社会世界中的外来影响而出尔反尔的原因。他还加上一种要解释一切的意志和一种几乎是科学的方法，并说出这种做法："感情与思想都有某种连续性，先来的影响后来的。必须了解先来的才能评判后来的。我竭力到处阐明最初的原因，是为了让人看到接续的后果。"

因此，决定性格形成的最初原因，卢梭知道应该到童年中去寻找，完全意识到最初几年对他的行为的影响。我们跟随他可以看到：卢梭的童年在茫无头绪的教育下成长，又去勉力承担成年人责任的悲剧，实在是一个敏感的灵魂缺少温情慈爱的悲剧。他从未感到自己是一个家庭的焦点，他的精神状态和物质生活永远处在无间歇的波动中。他过早地接触到罗曼蒂克的遐想，罗马的盛世气象，甚至爱情的神秘，从而产生这种不着边际的自豪，隐伏了一种病态的胆怯；从而产生这种向往伟大和爱好梦想的情趣，这种对矫饰与伪装的需要，这种逃出自身而又躲入另一个暂时的人身的赋性。他的缺点如同他的优点，都与一个放任自流、把握不定的青春分不开。

他屡次提到童年时的情景，是它们决定了他的命运，标志了他那一连串再也控制不了的痛苦的开始。他不满足于提出一桩引起严重后果的祸害，而要列举连续不断地把他束缚在不可挣脱的罗网中的种种祸害。这一切都是为了强调他是一种残酷的命运的玩物。于是回顾自己一生时他发出这样的感叹："我的出生是我的第一不幸。"

他孤苦伶仃，招人嫌恨，要走遍世界去找个栖身之地。罪过在于社会，因为社会首先误解他。这样《忏悔录》又有了一个新的方向。这位智慧复杂的人不怕离经叛道，他说他心中的恶来自社会，他的不幸是世界对这个不怕控诉世界的人的报复。于是，为自己的信仰受苦，坚持唯有自己一人掌握的真理，不惜忍受难以置信的磨难，这乃是烈士的所作所为，卢梭在这方面把自己看成苏格拉底的同类人。他的出身与教育好像注定他一生会庸庸碌碌，然而他如同悲剧中的英雄，偏偏由于身受的苦难和不可逾越的命运，奋发自强而不同凡俗。他要为后世竖立一尊卓尔不群的雕像：他是一位非思想不能生活的思想家。

五　追求内心安宁

卢梭与同时代人的这些官司，如果不加上卢梭跟卢梭自己（也就是《对话录》中的让-雅克）的这场官司，或许还不会那么严重。卢梭的一生中最聪明、最严厉的法官还是他自己，其他人对他的控诉相比之下无疑会不值一提。确定其他人都有罪，这是容易办到的，但是他在这样做的同时，不可避免地也遇到了自己的良心。那时他在自己的一生中发现了什么呢？为了说明戏剧、艺术与文明的恶果，他自己则当上了剧作家、小说家、音乐家。他是一个平民百姓，却接受了王公显贵的保护。他创造了一个想象的世界，在那里幸福是美德的最高褒奖，他自己却痛苦万状。他真诚地热爱正义、真理、善良，自己却撒谎，不讲正义，做事恶劣。诚然他在世人面前大声喊冤，但是他也知道——这在《爱弥儿》中已经提过——良心在有所隐瞒时才与理智展开讨论。于是他期望的是让自己在人面前是透明的。他借这种透明来平息内心的不安——因为他知道自己的内心有许多善。至于恶，他愿意在后世人面前公开承认，使自己得到涤罪。青年时代有那件可悲的偷缎带事件，他诬害玛里翁，使他终生感到沉重的内疚；成年时代他遗弃自己的孩子而没有尽父亲的职责；老年时代他遇到从前有恩于他的心上人德·华伦夫人贫病交困而无动于衷；对杜德托夫人则产生不合时宜的爱情。经过这场忏悔，他重新找回最初的无辜状态，那时他可以心安理得地享受自己的存在，逃出当时如地狱中的痛苦轮回，而走向过去的尚未完全失去的幸福。

同时，卢梭赐给自己一个完全而彻底的赦免——既然他鼓起勇气袒露了自己的内心，赦免便是受之无愧的。在他看来，他直言不讳和受尽苦楚本身就是一种补赎，洗涤了他的罪孽，他可以坦然地凝视那个迷途知返的人。

最后，他还向众人发出挑战，敢不敢袒露他们一生中荒唐的隐私。这一切都已具备，只待到内心去找回真正的幸福。回忆都在这里，使昔日的幸福又重现最初的鲜艳。这是他至高无上的论据，他至高无上的欢乐。每个人都怕跟隐藏最深的自我照面。而卢梭不是这样，他处在孤独的中心，远离人人都在寻欢作乐的世界，感到难以言喻的幸福。在博塞的迷人日子决不会再来，他却会重新创造，而且再生时还更加美丽。

可是，《忏悔录》并没有给他带来他所期望的内心的安宁。前六章频频回忆这些往事，全书喜气洋洋。第二部分调子阴郁，虽有隐庐和圣彼得岛的一段赏心乐事，但整页整页却是作者与他的原告交锋的痛苦篇章。到最后还没有结束，接着在《对话录》中继续他那不胜其烦的辩解，只是在《孤独散步者的遐想》中才达到相对的恬静。

六　艺术作品

对于艺术家来说，最大的幸福就是创造出自己满意的艺术品。卢梭不承认自己是作家，他向我们提到，他进入文学领域是一次不吉利的顿悟造成的，他的文学生涯是层出不穷的诱惑、屈服，甚至是事故形成的天命。其实他在写作过程中还是具备了一位艺术家的秉性，那就是不妥协、勤奋和爱好形式的完美。他批评《论艺术和科学的昌明会敦化抑或败坏风俗》那篇演说辞缺乏逻辑与层次，是他的作品中"推理最差，节奏与和谐最不讲究"的一篇文章。可是十五年后他已是一位技巧娴熟的作家，他拿起笔是为了证实他不是一位作家，却使他的小说家天才得到光辉的显示。

叙述五十年的一生，不可能不对事情进行选择和解说，并给予或多或少有意义的评价。为了使他的生平成为一部文学作品的素材，为了使读者读下来一目了然，不可避免地要重新组织。我们看卢梭怎样汇报他的命运，怎样指出从他的童年开始，把一切事物都朝着下述这一点编排起来。他这个人是真理的见证，天命难违，注定要当烈士。骄傲的感情、标新立异的欲望以外，还有艺术家的苛求。在这点上，让我们借用阿尔贝·加缪在《反抗者》中的说法，那是很恰当的。加缪说，小说是"一个想象的世界，但是通过对当今世界的纠正而创造的；在我们这一个世界上，痛苦若出自本人的意愿则会持续到死后方才罢休，情欲决不会得到排遣而消失；人人抱着一个念头不放，又始终摆脱不开他人"。加缪接着又说："人在原有的条件下徒然追求的形式和令人宽心的界限，终于在那个想象的世界里让自己得到了。小说按照尺寸定制人的命运。小说就是以这样的形式参加了创世纪的工作，也一时战胜了死亡。"小说家卢梭在进入自传创作领域也没有让步和犹豫。这是他，又一次看到自己的生平，跟真人真事进行争论，有时还毅然去纠正，终于在对实际人生小修小补的同时，给自己裁剪了一个"度身定制的命运"。

但是不能因此而怀疑卢梭创作《忏悔录》时的真诚。我们知道，卢梭的同时代人急急忙忙否定《忏悔录》的真实性，为数不少的批评家也在他们之后表示过怀疑。布伦蒂埃说："这不是他写的一份供词，这是他为了防范后人而采取的一个预防措施。他的回忆录不是他实际上的这个人，甚至也不是他愿意做的那个人的回忆录，干脆就是他要人家相信他是这么一个人的小说。"

卢梭是不是在给自己抹黑的同时，也在对敌人的说法布上疑阵？他写作是不是为了让他玩世不恭的谎言增加可信度？这也是大家可向自己提出的主要问题。许多人对书中的情节进行大量的旁征博引后，证明《忏悔录》中有许多日期错误和事实出入。但是同时也指出卢梭的记述实质上是非常真实的。他希望他的著作给他带来平静和安宁，这使人认为他不会虚伪。诚然他有掩饰本人内心的倾向，诚然他在真理面前也屡次表示犹豫和后退，例如他第一次谈起遗弃孩子时没有说出全部真相（第七章），只是到了后来才和盘托出（第九章）。可是他从来没有那么像他承认的那样，写《忏悔录》时自始至终抱着说真话的欲望，因而在这篇个人历史中我们不应该去寻求"发生过的真"。用瓦莱里的话来说，"那是无价值的，不成形的，一般也是不明确的"。

因而我们寻求的应该是卢梭的真。这是因为卢梭在阐述自己的真时恰恰最暴露自己。从书的一开头，他就提醒读者："有时我使用无关宏旨的修饰，也仅是为了弥补健忘引起的疏漏。我知道可能是真的事，我会假设它是真的，但决不会对我知道是假的事亦复如此。"

这些"可能是真的事"，这个更符合叙述者为人的回忆，与那些真正发生过的事具有同等的价值。如果让-雅克在沉思中悠悠地去想象他怎样对过去的某件事做出反应，这个经过思考的反应与他那时实际的反应包含同样的启示，甚至更大的启示，既然在独处时他摆脱了腼腆，摆脱了社交时感到的拘束。

然而，当一个人要在十年、二十年、三十年甚至四十年前的往事中，去说明自己当时是怎样一个人，记忆衰退是很令人难堪的事。这不是卢梭一个人的缺点，也不是卢梭唯一的缺点。他还小心地把我们的注意力引到他自豪的特点上："很奇怪，我忘记过去的痛苦容易之至，不论它发生得多么近。一方面，对痛苦的预感使我害怕，使我昏乱……另一方面，痛苦来过以后不久，对它的记忆往往很淡，轻易就会消失……然而相反的，对过去的幸福则念念不忘，我想起它，还可说重温它，以致我愿意时还可再一次享受它。"

这样说来，他的记忆不善于记住事实，却善于记住思想和感觉，在这点上尽善尽美，少有差错。有的事在他的心灵中永志不忘，有的事在他的心灵中一闪而过。这种选择性的记忆，再加上一种变形的想象力，对幸福的往事言过其实，对未来疑神疑鬼，以致产生这类病态的心事，有时使他陷入谵妄状态。卢梭并非不知道这种想象力会使真情受到多大的损害，但是人们怎么能够要求他放弃这个最后的避风港，这扇通往无穷欢乐的虚幻世界的大门呢？《忏悔录》的真情是主观的真情，写书的诚意是毋庸置疑的，有些事实是否可靠，那就不敢肯定了。但是我们不必因此感到遗憾。这里谈的不是一部历史作品，而是一部自传，真实不表现为事情的翔实，有依有据，像在法庭上搜寻物证，而是表现在心理分析的准确上，表现在一个敏感的人的反应上。听到卢梭认为当初那样做的道理，比听到他说出当初表面上做了些什么，更能显露卢梭的真面目。

这部《忏悔录》写到一七六五年。直到他在一七七八年逝世，中间还有整整十二年时间，他却没有继续往下写。评论家盖埃诺从另一个角度看出《忏悔录》是否可靠的论据。据他说："卢梭对自己能注视多久就注视多久……说真的，有时他也与镜子弄虚作假，好让自己的形象不太碍眼，但是也使他以为这使他的真理重见了天日。然后，突然，当他再瞧着自己一七六六年二月在伦敦变成怎样一个人时，他再也不说什么了……可能这才最清楚地表明他要说真话的意愿……他已超出一个人能懂、能解释、能忏悔的程度。他还能做的事唯有活下去和忍受痛苦而已。"

七 文字的风格与作者的性格

从纳沙特尔手稿的前言来看，《忏悔录》的主要风格特征是具有自发性。卢梭为了说出要说的话，必须创造一种与他的写作计划同样新颖的语言。他说:"我不在乎使风格前后统一,我将一直使用一时兴会的风格,毫无顾虑地随我的兴致而改变风格……我的这种不一致和讲究自然的风格,时而急速、时而冗杂,时而明智、时而疯狂,时而庄重、时而轻快,本身就是我的历史的组成部分。"

然而,不同的手稿足以说明卢梭所谓的兴会之作,其实是下过细致的功夫而完成的。可是上述几句话倒是点明了主要的问题:卢梭写这部独一无二的作品,需要一种独一无二的风格,这种风格的独特之处在于它的变化不定。

卢梭阅读蒙田和费奈隆,崇拜普雷沃神父和马里沃,总之他也是他们那个世纪的人,不可能完全摆脱某些传统。他从先驱者那里秉承了纯古典的抽象情趣,使他爱讲伦理道德,在人物描写中一般舍弃表象活动而注重心理表白。大自然叫他感兴趣,不是景色本身,景色在他的遐想中一掠而过,而是景色对心灵的震撼。同样,一幅肖像画没有意思,除非画中人物对叙述者的性格或生平起过作用。也因为如此,我们在《忏悔录》中看不到德·华伦夫人的全幅肖像,有的只是叙述中偶尔出现的零星特征。这是古典的简洁原则,为表象而表象是进不了艺术作品的。

此外,这种倾向与卢梭的性格紧密关连。他擅长精致的、丝丝入扣的心理分析;他精于揭露那些表面上做给人看,心里又另有盘算的一套套小把戏;他的聪明乖巧用于对付别人,也用于对付自己。他也喜欢挑明躲在假象后面的真相。他对自己惟妙惟肖的画像（第三章）、对德·华伦夫人宗教观的评论（第六章），对格里姆的阴谋作用的解释（第十章），从中都可看到他行文中的这些特点。

可是，对古典理论家崇尚的那种语调统一，他却代以语言、风格、技巧的变化不定。他有一颗既是罗马的又是浪漫的心。他从少年阅读的书籍中爱上了古代的磅礴气势，所以他有时追求堆砌豪放的句子，中间插入惊叹、庄严或悲怆的呼唤。《忏悔录》虽不像第一篇演说那样夸夸其谈，不过间或这类矫饰的文笔也得到充分的运用。

卢梭还会借用喜剧手法，用严肃的语调发表奇谈怪论，含蓄的幽默引出荒唐的笑料。这种语调尤其出现在回忆青春时代的疯狂与梦想，但是沾上一层薄薄的忧郁。在第二部分，语调趋于阴暗与悲哀，带上老年人的种种心事。

叙述的技巧也是同样变化多端。卢梭具备小说家与导演的双重才能，他懂得完美地结合、设置、选择背景的主要道具。他作为艺术家玩弄时间的长短，随心所欲地加快或放慢时间的速度。他提到与德·华伦夫人初遇时的情景是无与伦比的。这些短句，中间穿插沉默，交替使用过去式与现在式，透露了许多情意。

卢梭也是一位画家，兼擅室内情景与户外场面。那幅动人的摘樱桃画，荡漾着一片童心的清新与无邪，还带有微微的挑逗情调。整个场景沉浸在那些一去不复返的时光的郁悒中，这是华托的画风：停留在脆弱的一瞬间的旖旎田园风光。他对景物本身很少描写，更多着意景物引起的感情共鸣。通过他的感情渲染，景色显得更加丰富。所以说卢梭是画家，出色地描绘大自然和感情。他又是真正的诗人，会把读者引入清明忧郁的梦境。那时他的句子与散步的步子保持同一个节拍，充满轻柔的乐感；抑扬顿挫的巧妙组合，使句子精致动听，在铿锵声中渐渐形成一个世界，烘托童年可贵的无邪，使人感觉到最纯洁的感情。这些对后世的浪漫主义产生很大的影响。

八 《忏悔录》的意义与后世

发现一个人的兴亡盛衰，确实是令人感兴趣的事。卢梭尽管对标新立异很自豪，还是愿意给他的"同类"留下一份证词。我们也必须承认，在读《忏悔录》时觉得自己确实是他的同类，甚至这种标新立异的欲望大家也不缺少。可是卢梭又是这么一位作家，他敢于冲破各种禁忌，对良心进行过于深入的审查，这叫人们感到难堪。因为他自认为有权利去暴露他内心隐蔽的丑恶，也或多或少是人人内心隐蔽的丑恶。还因为他要别人都来分担他对内心丑恶的犯罪感，而谈到他自己的美德时认为别人都望尘莫及。于是罪恶人人有份，善良则唯他独有。这种态度自然不会给他很快赢得同情。

一七八二年，《忏悔录》前六章出版，真可谓获得"丑闻式的"成功。令人难堪的坦白，对他人的行为信口雌黄的批评，当时的读书人在这以前从未读过这样的文章，不禁感到吃惊。隔几年续篇问世，群情更加汹涌。评论家拉·阿尔普说：

"怎么，那么多正直的人，只因为让-雅克不幸变成了疯子，在《忏悔录》中丑化和诋毁他们，就成了一些下流的人了吗？"许多人认为卢梭忘恩负义，失去理智。但是他的宿敌格里姆却无法对卢梭的写作才华表示无动于衷。他说，无论卢梭的不公正、成见和荒谬会引起人们什么样的脾气，大家还是应该欣赏他的才能，欣赏他对这么奇奇怪怪的，有时甚至非常无聊的琐事表现出那么大的兴致。愈往下读，你就愈是情不自禁地感到一种魅力。

只是到了十九世纪上半叶，卢梭的《忏悔录》才有了一位热烈的、不偏不倚的辩护人，那就是评论家圣勃夫，他在法国文学史上第一个对这部作品给予肯定的评价。他说："对我们——不论理智要向我们说什么——对一切秉承了他的诗人气质的人，没有一个不为他对青春的描写，他对大自然的热爱，他给我们带来的遐想，他第一个为我们的语言创造的对遐想的表达方法，而不爱上让-雅克的。"

二十世纪初的舆论依然很保守，对卢梭还是相当严厉。后来评论逐渐摒弃道德成见，更多探索卢梭个性的深处。这时大家看到卢梭的自负不是一种盲目的骄傲，而是对精神升华的艰巨性的意识。一个无人管教的孩子走上光荣之路，一个流浪汉成了思想家，一个染上恶习的学徒成为严肃的伦理家。卢梭的一生可以说是示范的一生，时时刻刻进行着自我奋斗。他这种奋斗并不是像神秘主义者那样在宗教的指引下进行的。除了自我满足以外没有其他的保证，除了个人良心以外没有其他依赖，在这样的情况下他依然对真、善、美孜孜以求。他不怕出现在上帝面前，他怕的是面对自己。至于《忏悔录》一开卷对大家提出的挑战，也很少有人仅仅为了证明"我比这个人好"而愿意接受的。

如果说卢梭使人不安，他也使人入迷。《忏悔录》对童年的发现，对大自然和日常生活中纯朴欢乐的追求，犹如一池恢复青春的仙水，谁都爱在其中沐浴一番。

卢梭是一个与自己的世纪密切相关的人，他的《忏悔录》除了是个人历史以外，还给我们留下十八世纪的一份珍贵的证物。我们通过他了解到年轻学徒的生活条件，在苛捐杂税下农民和巴黎小市民的生活条件；然后离开市民阶层，我们进入贵族门厅、外交界和财界，甚至接近了官廷；我们参加了重大的历史事件，看到百科全书派带着他们的优点和缺点列队走过，感受到伏尔泰超群绝伦的地位。卢梭有时用历史学家的笔法重视他的作品产生的情景。他对《新爱洛伊丝》的成功的分析是文学史上的一篇杰作。作品的独特性，作品跟上一代与当代、法国与欧洲的文学的关系，一个时代的心理状态、政治问题和情趣，无不说得清清楚楚。这一切经历固然都是通过卢梭的眼光来看的，但是谁比他更适合去评论这个令他心醉神迷而又感到被排斥在外，他向往而又不忘揭露其固有症结的上流社会呢？谁比他更能体会他所出身的小市民阶层的尊严呢？孟德斯鸠《波斯人信札》、伏尔泰《老实人》书中的文学虚构情节，却是卢梭的生活现实，他在这个他是局外人的世界里，带着新奇敏锐的目光东张西望。

《忏悔录》开拓了浪漫主义的道路。从此在艺术上描绘自我不再是可憎的，而成了一种乐趣。对大自然的感情，带个人感情的宗教性，包含宿命论的意识，陷入无名的忧郁，这些都是浪漫主义主人公的共性。从夏多布里昂的勒内到雨果的欧那尼，从对卢梭和拿破仑同样热爱崇拜的于连·索雷尔（司汤达《红与黑》）到飞黄腾达的仆从吕·勃拉斯（雨果《吕·勃拉斯》），无不如此。

夏多布里昂可以怀着贵族的轻蔑，不把平民百姓让-雅克·卢梭放在眼里。但是他的《身后回忆录》没法不在《忏悔录》开拓的道路上走过，他心虚地抵赖也没用。

除了给后世浪漫主义的影响，卢梭还在一定程度上促成写自传的热潮。这方面他的后裔不胜枚举，杰出的有纪德，他的《如果种子不死……》给二十世纪带来同样的不安、同样的迷惑。卢梭出色的心理本能会随着往事涌现，在不自觉的记忆现象上，他的描写奇怪地超前于弗洛伊德的无意识研究和普鲁斯特对似水年华的追忆。

这些后人都是一代俊彦，但是并不能掩盖先驱卢梭的光芒。时隔两百多年，《忏悔录》在现代人读来，还是像作者所追求的那样，是一部戛戛独造、不同凡响的书。

马振骋

一九九六年十一月十六日

本书采用雅克·瓦齐纳根据日内瓦手稿整理的版本并非完整版，节选了每章的精彩段落。

序　言

（卢梭的序言，刊载于日内瓦手稿的扉页）

唯有这幅人物肖像，是根据这个人的本相如实画成的，现在存在，以后可能还将存在。不论您是谁，我的命运或我的信任已请您做了这本书的裁判。我以我的苦难、以您的襟怀，并以人类的名义恳求您不要摧毁一部有益的、独一无二的作品；对人的研究肯定有待于创立，这部作品可作为研究的第一件参照物；恳求您不要抹煞我身后唯一说明我的为人的可靠记录，这份记录未遭我的敌人涂改。最后，即使您本人是我的一个死敌，对着我的亡灵不要如此，不要把您的宿怨带到您我不复存在的时代，借以证明您至少有一次高尚地表示了慷慨与善良，当您还可以伤害和报复的时候——若对一个不曾或不愿伤害他人的人进行伤害，也可以称为报复的话。

第一部分

第一章

（1712—1728）

Intus，et in cute[①]

我在进行一件既无先例、其做法又无人摹仿的工作。我要对我的同类说出一个人的本来面目，这个人就是我。

仅仅是我。我感觉到我的心，我也了解人。我生来与我见过的人都不一样，我还敢于相信我生来与存在的人都不一样。如果我不比别人好，至少我与别人不同。大自然该不该打碎它塑造我的模子，只有读了我的书后才能判断。

让最后审判的号角到时候吹起来吧！我会捧了这部书出现在至高无上的审判官前。我将高声说：我做过的事，我有过的想法，我是怎样一个人，全都在这里了。我以同样的坦诚来谈善与恶。坏事我不隐瞒，好事我不渲染。有时我使用无关宏旨的修饰，也仅是为了弥补健忘引起的疏漏。我知道可能是真的事，我会假设它是真的，但决不会对我知道是假的事也复如此。我是怎样一个人，我就怎样表现。卑鄙、邪恶的时候，就是卑鄙、邪恶；善良、慷慨、高尚的时候，就是善良、慷慨、

---

① 引自拉丁诗人柏修斯（34—62），意为：我洞察你的心灵与肌体。

高尚：你看到我的内心如何，我已如实披露。永生的主，把我的无数同类召集到我的周围，让他们倾听我的忏悔，哀叹我的堕落，羞于见到我的下贱。让他们每个人轮流到你的宝座下，同样诚恳地坦白他们的内心，然后再看有没有一个人敢向你说："我比这个人好。"

卢梭童年时的读书生活

苏珊·贝尔纳是牧师的侄女，工程师加布里埃尔·贝尔纳的妹妹，经过长时期亲密往来，嫁给了日内瓦公民伊萨克·卢梭。他是一位浪漫的钟表匠，不及女家富有。生了一个儿子后，他前往君士坦丁堡。让-雅克是"父亲归来后的苦果"。他先天不足，还夺去了母亲的生命。他跟着父亲一起缅怀母亲和阅读大量小说，度过了童年。

我先感觉，而后思考：这也是人类的共性。我对此比别人体会更深。五六岁前的事我忘了，怎样学会识字的我也不知道，我只记得我最初读的书，以及这些书对我的影响。我的自我意识从那时起从没有中断过。母亲遗留下一些小说。父亲和我晚饭后开始看书。最初只是用有趣的书培养我的阅读能力。但是不久，兴趣变得那么强烈，我们轮流不息地读，整夜整夜这样过去了。我们不把一册书读到最后是决不释手的。有几次，父亲听到早晨的燕鸣声后才面有愧色地说："咱们去睡吧，我比你还孩子气呢。"

隔不多久，靠了这种危险的方法，我不但在阅读理解上全然不费工夫，而且以我的年龄来说对情欲也是出奇地聪明。我对事物还了无观念，可是对各种各样的感情却已不觉得陌生。我还什么都不领会时，却对一切都能够感觉。我一次次感受到的模糊激情，毫不影响我尚未具备的理智。但是它们给我形成一种别具一格的理智，使我对人生产生一些奇特浪漫的看法，生活经历与思索始终没能治愈我这个毛病。

到了一七一九年夏季，小说看完了。当年冬天，来了别的。母亲的藏书阅毕，我们转向外祖父①留给我们的那部分书。幸运的是里面有不少好书。这也不足为奇，搜集这些书的实际是一位教长，还是一位学者——这原是当时的风尚——而他鉴赏力高，有才华。勒·苏厄尔②的《教会史与帝国史》，博舒埃③的《世界史讲话》，普鲁塔克④的《名人传》，那尼⑤的《威尼斯史》，奥维德⑥的《变形记》，拉勃吕耶⑦的著作，封德内尔⑧的《宇宙万象谈话录》和《死者对话录》，还有几部莫里哀⑨的作品，都搬进了父亲的工作室。我每天在他工作时念给他听，自己从中感到少见的、在我这个年纪恐怕是绝无仅有的兴趣。我尤其爱读普鲁塔克，一遍又一遍地读他的作品，乐此不疲，有

① 实际是她的叔叔贝尔纳牧师。（她的父亲原注）
② 勒·苏厄尔（1601—1681），法国新教牧师、教会史学家。
③ 博舒埃（1627—1704），法国神学家、作家。
④ 普鲁塔克（约46/49—125），希腊历史学家、哲学家。
⑤ 那尼（1616—1678），威尼斯历史学家。
⑥ 奥维德（公元前43—公元17/18），罗马诗人。
⑦ 拉勃吕耶（1645—1696），法国伦理学家。
⑧ 封德内尔（1657—1757），法国哲学家、诗人。
⑨ 莫里哀（1622—1673），法国古典喜剧作家。

点治好了我的小说癖。不久，我喜欢阿格西劳斯^①、布鲁图斯^②、阿里斯提德^③，要胜过欧隆达特、阿泰门、朱巴^④。这些有趣的读物，父亲与我阅读时穿插的谈话，塑造了我的自由共和思想，高傲不屈、不甘心忍受桎梏与奴役的性格，在那些最不适宜这种性格发展的环境里，它使我苦恼了一辈子。我心里不断地想着罗马与雅典，可以说与两国的伟人生活在一起。我生来是个共和国公民，再加上父亲一向以爱国为最大热忱，我像他一样，说到国家就热血沸腾。我自认为是希腊人或罗马人——我变成了我阅读的传记中的人物。读着那些忠贞不贰、英勇大胆的故事，我深受感动，两眼发光，声音洪亮。有一天，我在饭桌上讲塞伏拉^⑤的壮烈事迹，为了表现他的行为，伸出手来放到炉子上，把他们看得都吓坏了。

不久，他的哥哥行为不端，离家逃走。让-雅克成了独子，备受宠爱。

幸福的童年

当我眼前都是温和的典范，周围都是世上最好的人的时候，我怎么会变坏呢？父亲、姑妈、奶妈、亲戚、朋友、邻

---

① 阿格西劳斯（公元前444—前360），斯巴达国王。
② 布鲁图斯（公元前885—前42），罗马政治家，暗杀恺撒的组织者。
③ 阿里斯提德（公元前550—前467），雅典将军、政治家，马拉松战役（公元前496）中的战略家之一。
④ 三人均为当时流行小说中的人物。
⑤ 塞伏拉是罗马传奇英雄。据传说，公元前507年，伊特拉斯坎人包围罗马。塞伏拉潜入敌营，行刺伊特拉斯坎国王，误杀其秘书。被捕后，为了责备自己的右手，把它放在燃烧的火盆上。

居，所有围绕我的人，并不事事顺从我，但是个个都爱我，而我也同样爱他们。我的愿望很少受到煽惑，也很少遇到违拗，以致我从来没想到要有什么愿望。我可以发誓，在师傅门下听使唤以前，我从不知道什么叫胡闹。除了在父亲身边念书写字，除了奶妈领着散步，其余时间总是和姑妈一起，看她刺绣，听她唱歌，在她身边或坐或站，我都很满足。她开朗、温和、外貌可爱，给我留下那么深刻的印象，至今她的音容笑貌还在我的眼前，她安慰我说的悄悄话还在我的耳边，我还说得出她的穿着打扮，忘不了她按当时的风尚卷在两鬓的乌发小鬈。

我深信我对音乐产生兴趣，也可说热情，全是受了她的熏陶——只是热情在很久以后才在我的心中奔放。她熟悉的小调歌曲数量惊人，唱得又婉转动听。这位好姑娘的爽朗性格会把她以及她周围人的惆怅与悲哀一扫而光。她的歌对我具有极大的魅力，不但有好几首永远铭记在我的心中，而且今天我虽已失去关于她的童年起已经忘却的某些歌曲，随着年岁增长却再度浮现脑海，真是妙不可言。像我这么一个历尽沧桑、饱受苦难的老朽，有几次用嘶哑颤抖的嗓子哼起这些小调，竟会骤然像孩子似的呜呜哭了起来，谁会相信呢？尤其有一首曲子一点没忘，只是后半首歌词就是苦思苦想也记不起来了，虽然韵脚隐约还可以回忆。下面是这首歌的开头与我能记得的一部分：

狄西，我不敢

到榆树下

听你的笛声

在我们的小村

已经议论纷纷

…………………

…………牧羊人

…………情深

…………难安身

玫瑰花下总有刺针

　　我的心只觉得这首歌缠绵悱恻，我找寻其中原因。这是我无法解释的一种任性。但是我绝对不可能把它唱完而不被眼泪打断。我曾不下一百次试图写信到巴黎，让人去找其余部分的歌词，说不定有人还记得它。但是我几乎可以肯定，要是得到证明说除了已故的苏宗姑妈外还有别人唱过这首歌，那我一心要把它记起来的乐趣也会部分消失的。

　　那就是我进入人生时的最初感情：就是这样，在我的胸中开始养成或表现这颗高傲而又温柔的心，这种女性化而又坚强不屈的性格：它总是徘徊于软弱与勇气、苟安与美德之间，自始至终使我处于自身矛盾中，致使节制与享乐、声色与贤德都同样落空。

与一位"法国上尉"发生冲突后，伊萨克·卢梭有坐牢的危险，甘心逃亡国外，居住在尼翁。让-雅克被托付给了舅舅，舅舅把他与自己的儿子送到博塞，寄养在朗贝西埃牧师家。

在博塞的生活

在小镇上生活两年，把我急躁的罗马人性子驯顺了一点，也使我恢复了儿童心态。在日内瓦，谁也不强制我做什么，我喜欢用功读书，那几乎是我的唯一消遣。在博塞，工作使我爱上了游戏，游戏又成了工作的调节。乡野对我来说是那么新奇，我沉浸其中决不会厌倦。我对它的兴趣是那么强烈，后来也从来没再消失过。一生中任何年代，只要想起那里度过的幸福时光，我便对乡居生活和它的乐趣不胜留恋，直到重新回到那里为止。朗贝西埃先生非常通情达理，他不忽视我们的教育，也不给我们压上沉重的作业。尽管我对拘束很反感，但想起那些学习时刻并不厌恶，从他那里学到的知识虽不多，但学来不费力气，一直也没忘记，足见他善于诱导。

这种淳朴的乡村生活使我的心向友谊开放，给我带来不可估量的好处。在这以前，我只懂得一些崇高但是空想的感情。在平静的环境中朝夕相处，使我与表兄贝尔纳很亲昵。没多久，我对他的感情就比对亲哥哥还热烈，也从不曾淡薄下来。他长得高，但很瘦，性情温和，体质羸弱。他是我监护人的儿子，然而在家并不恃宠撒娇。我们的工作、游戏、兴趣都是相同的。我们就两个人，年龄相同，都需要有个伴，两人分开可以说是自我毁灭。我们虽然很少有机会表达相互的依恋，但它是很深的。我们不但没法分开一刻，而且也没想到会分开。我们两人的性格都是在温存下百依百顺，不受强制时讨人喜欢，我们一切都很合拍。如果说出于偏心，在管教我们的人眼中他胜我一筹，私下两人时他又输我三分，这保持了我们之间的平衡。学习中他背书打嗝儿，我给他提示；我做完作文，帮助他做；游戏时，我兴致更浓，每次依了我才罢休。总之，我们俩的性格那么默契，维系我们的友谊又那么真诚，从而五年间不论在博塞还是在日内瓦，我们两个人都形影不离。我承认我们经常打架，但是从不需要旁人劝解，没有一次争吵会超过一刻钟，也从来没有一次相互指责。或许有人会说这些看法幼稚可笑，但是自从有孩子以来，这可能也是独一无二的例子。

我在博塞的生活方式对我十分合适，只是时间不长，没有使我的性格定型。温柔、亲切、爱静，成为我性格的基调。我相信世上没有人像我这样生来不慕虚荣。我冲动时慷慨激昂，立刻又会萎靡不振。我最强烈的愿望是让周围的人爱我。我性情温和，表兄也是如此，管教我的人莫不如此。整整两年，我没见过一次粗暴行为，也没挨过一次粗暴对待。一切都在我心中培养大自然赐予心的素质。看到大家对我、对一切都满意，我觉得这是最动人的事了。我永远忘不了在教堂里进行《教理问答》我答不上来时的情景，再没有比看到朗贝西埃小姐焦虑难过的表情更使我不安的了。大庭广众前出丑固然叫我极端沮丧，但是那情景更令我不胜羞愧。因为我对赞扬虽不很动心，对羞耻则异常敏感。我现在还要说，等待朗贝西埃小姐的惩罚我不害怕，惹她伤心却实在叫我惊慌。

　　在朗贝西埃小姐慈爱严格的管教下，博塞的日子过得风平浪静，直到有一天一桩意外事打乱了一切。

不白之冤

　　有一天，我在厨房隔壁房间单独复习功课。女仆把朗贝西埃小姐的梳子放在壁炉铁板上烘干。她回来取时，有一把梳子的梳齿有一边全折了。这是谁弄坏的呢？除我以外没有人进过房间。他们询问我，我否认碰过梳子。朗贝西埃先生和小姐一起对我诱劝、逼问、威胁，我拒不承认。但是他们认定是我干的，我怎样抗议也没用，尽管他们还是第一次发现我有那么大的胆量撒谎。这事要慎重对待，也应该慎重对待。恶意、说谎、顽固看来同样要受到惩罚。但是那一次不是借朗贝西埃小姐的手来执行的。他们写信给我的舅舅贝尔纳，他来了。可怜的表兄被控犯了另一种罪，也不见得轻，这样两人同时受罚，罚得很厉害……

　　他们从我这里得不到他们要的招供。他们反反复复好几次威逼我，我毫不动摇。我死也不说，铁了心。最后，面对一个孩子的魔鬼般的倔强——他们这样称呼我的坚定——强力也只得让步了。我终于度过这场残酷的考验，心力交瘁，但是赢得了胜利。

时过境迁快五十年了，今天我不必害怕再为这件事受罚。好吧，我在上帝面前声明，我是清白的，我没有折断也没碰过这把梳子，没有走近那块铁板，甚至想也没想过。请不要问我东西是怎么坏的，我不知道，我也不会明白。我确确实实知道，我是一清二白的。

不妨想象一下这样一种性格：日常生活中腼腆、听话，激动时亢奋、高傲、坚强不屈。不妨想象一下这样一个孩子：一向听理智的声音，受温情、公正、殷勤的对待，还没有不公正的观念，他生平第一次恰是从他最爱、最尊敬的人那里遭到了那么可怕的磨难。多大的思想反复！多大的感情混乱！他心中、头脑中、幼小的智慧和道德的性灵中会产生多大的动荡！我说大家可对这一切想一想，若有可能——因为我自认还没有这种能力对我的内心思想条分缕析。

我还没有足够的理智去领会表面现象使我受了多大的罪，去设身处地代别人想。我只从自己的处境出发，感到的只是为了一个我没犯的罪遭到那么严酷的惩罚。肉体痛苦尽管很强烈，我不在乎，我只感到愤懑、恼怒与失望。表兄的遭遇与我相差无几，他们把无意的过失当作蓄谋的行为来处罚，他学我的样也怒不可遏，也可以说与我步调一致。两人躺在一张床上相互抱着，激动得全身抽搐，喘不过气来。当我们两颗年轻的心稍稍平静，能够宣泄它们的愤怒时，我们坐了起来，两人使尽力气成百次地喊："Carnifex①，Carnifex，Carnifex！"

————————————

① 拉丁文意为：屠夫。

我现在写这件事还感到脉搏加快。就是活上十万年，那时的情景依然历历在目。对暴力与不公正的初次感受留在心灵上那么深刻，以致一切与此有关的观念都会引起我当初那样的激动。这种出于个人渊源的感受历久不衰，发展成一种摆脱了个人利害的信念，以致看到或听到任何不公正行为，不论受害者是谁，在什么地方发生，我都会义愤填膺，如同身受。当我读到一个万恶暴君的兽行，一个口蜜腹剑的教士的险恶用心，我会自告奋勇去对这些恶人捅上一刀，虽万死也在所不辞。有时看到一只公鸡、一头奶牛、一条狗、一头牲畜恃强凌弱，欺侮另一个，我经常跑得满头大汗追赶它们，用石头扔它们。这种冲动可能是天生的，我也相信它是。但是我遭到的第一次不白之冤，留在记忆中太久、太难消释，不会不大大增强了我这方面的天性。

风平浪静的童年生活告一段落，从那次以后，我再也享受不到一种纯粹的幸福，就是今天我还觉得，美好的童年往事到此结束了。

从那时开始，博塞的魅力消失了。孩子和监护人相互嫌弃，贝尔纳舅舅要把儿子与外甥接回日内瓦。卢梭还叙述了几桩在博塞的愉快往事，然后谈到在日内瓦的生活，依然与形影不离的表兄为伴，自由自在，无所事事。他有两次无邪的情爱。最后他被送往法院文书马塞隆先生家学习，后者又因他"冥顽不灵"给送了回来。卢梭于是到雕刻师杜高蒙先生家当学徒，杜高蒙的粗暴使他厌恶这项"本身并不令他厌恶的"工作。

暴虐的恶果

师傅的暴虐终于使我无法忍受这个我原会喜欢的工作，染上我原该痛恨的恶习：撒谎、偷懒、行窃。回想起那个时期在我身上引起的变化，比什么都更能看清楚依靠家庭与充当人奴的差别了。我天性胆小怕羞，缺点中寡廉鲜耻最与我无缘。我以前享有实在的自由，那时起自由范围逐渐缩小，最后完全消失。我在父亲家敢作敢为，在朗贝西埃家自由自在，在舅舅家谨言慎行，到了师傅家变得战战兢兢。从那以后，我成为一个堕落的孩子。当初与长辈一起，生活上一视同仁，哪桩开心事我都参加，哪盆菜我都有份，没有一个欲望是我不能表示的，没有一个心理活动是我不能说出来的，历来习惯那样。而今到了另一个人家里，我有口不敢开，饭吃到三分之一必须离席①，无活儿可做必须立即离开房间；日夜工作脱不开身，只看到别人有玩有乐，自己要啥缺啥；看到师傅与伙计逍遥自在，更增加我受制于人的重担；在争论我最熟悉的事时我也不敢张嘴。终于，我看到什么，什么就成为我内心觊觎的对象，仅仅是因为我什么也得不到。在那种情形下，我会成为怎样一个人就可想而知了。永别了，舒适、快乐，还有以往我犯了错误说

---

① 当时做学徒的规矩。

上几句就可免受责罚的那些聪明话。我想起这件事没法不笑：有一天晚上，在父亲的家里，我因淘气被罚不吃晚饭就回房睡觉。我拿块无味的面包经过厨房，看到烤肉在铁叉上转动，香味扑鼻。大家围着炉火，我经过时要向大家行礼。轮流道过晚安后，我斜眼往那块色香俱佳的烤肉一望，不由向它也鞠了一躬，可怜巴巴地说："别了，烤肉。"这句天真的俏皮话脱口而出，引起哄堂大笑，他们叫我留下吃饭了。可能这么一句话在师傅家也同样奏效，然而肯定的是它不会在我心里出现，就是出现了也不敢把它说出口来。

我就这样学会了暗地里眼馋，鬼鬼祟祟、装假、说谎，最后偷窃——这样的邪念以前没有过，后来又没能完全改掉。贪婪与无能总引人走上这条路。这说明为什么凡是家奴都是骗子，做学徒迟早也会如此。但是后者如果地位平等，衣食不愁，看到的东西不是高不可攀，随着成长会改掉这种不光彩的倾向。我没遇上这样的好事，也就没法得到这样的好处。

往往是善良的本性得不到正确的引导，才使孩子向罪恶跨出第一步。在师傅家住了一年多，尽管衣食不周，诱惑不断，始终没下决心去偷东西，连食品也没偷过。我第一次偷窃是代人受过，但是它为以后的偷窃打开了大门，那几次的目的就不那么冠冕堂皇了。

从此以后，让-雅克几次三番偷窃。叫他动心的不是钱，但是他要满足口腹之欲。他常去一位女租书商拉·特里比家，瞒着人见书就读。他终于到了十六岁。

走向不幸的第一步

就这样我到了十六岁，忧虑不安，不满意一切，不满意自己，对自己的行当不感兴趣，得不到我这个年纪应有的欢乐。心中充满茫无目标的欲望，平白无故地落眼泪，莫名其妙地叹息。总之，满脑子胡思乱想，又在周围看不到用什么去实现这些胡思乱想。星期天，同伴做过礼拜后找我一同去解闷。办得到的话，我真愿意躲开他们。但是一旦与他们玩上了，我表现得最疯，比谁都过分。既难于说动，又不易收心。我一直是这个脾气。我们到城外郊游，我总是往前走，不经提醒从不想到回头。我被逮住过两次——在我到达以前，城门关上了。第二天我得到什么样的处分，是完全可以想象的。第二次他们严厉警告我，再犯第三次会有怎样的接待，使我决定不再冒险。可是令人胆战心惊的第三次还是来了。我的警觉性在一名该死的米纽多里队长面前遇到了挫折。他当值的那扇门总比别人早关半个钟点。我跟两位伙伴回来，离城半里地，听到催促回城的号声，我加快步子；听到了鼓声，我撒腿就跑，跑得气喘吁吁，满身大汗，心怦怦跳。我远远望见士兵在岗哨上。我往前奔，哑声大叫。太迟了。离小岗哨还有二十步，我看到第一座吊桥被拉了起来。我一边哆嗦，一边望着空中这两只狰狞可怕的兽角——这是凶险的预兆，那时开始了我的不可避免的命运。

我一时悲从中来，扑倒在斜坡上，嘴啃着地。伙伴们对自己的不幸一笑置之，立即打定了主意。我也打定了我的主意，但是和他们的全然不同。我当场发誓决不回到师傅那里去！第二天城门一开，他们回城时，我向他们从此诀别，只是请求他们把我下的决心，以及还能见我一面的地点，偷偷关照表兄贝尔纳。

第一章结束语

在我听天由命以前，请允许我回顾一下。我若遇到一位较为好心的师傅，顺其自然会有什么样的命运？首先是在某些行业中，如日内瓦的雕刻行业，当一名好工艺匠，工作安静，不必抛头露面，它比什么都更适合我的性情，更称我的心意。从事这项职业，过小康生活绰绰有余，要发财稍嫌不足。它可以限制我后半辈子的野心，使我有合理的闲暇培养适当的情趣，沉浸在小天地中而不思其他。我的想象力丰富得可对任何身份都用幻想去装饰，强烈得可以随心所欲地变换地位，而我实际处在什么地位是无关紧要的。我的处境与第一座空中楼阁不论距离多么远，我总能轻易地住到里面去。从而可以得出结论，最简单的地位，最不费心劳神的地位，最能保持精神自由的地位，也是最适合我的地位，这也恰恰是我那时的地位。我就会在我的宗教、我的祖国、我的家庭、我的朋友中间，度过我性格所需要的那种平静安逸的一生，跟我感兴趣的工作和中意的社会保持一致。我就会成为一位好基督徒、好公民、好父亲、好朋友、好工人，面面俱到的好人。我会爱我的地位，还能为它增光。我会度过默默无闻、平凡，但平静安宁的一生后，在家人中间安然逝去。不久被人遗忘，那是无疑的，但是只要他们记得我，也会表示悼念的。

可是事情偏偏不是如此……我将描绘出怎样一幅图画？啊！别忙着去提我的悲惨人生！这类的辛酸事绝不会让读者少听。

第二章

（1728）

历险的开始

恐惧使我产生逃跑计划的时刻在我看来愈可悲，我要执行这项计划的时刻对我愈有吸引力。我还是个孩子，就要离开家乡，抛下亲人，没有依靠，身无分文；学艺半途而废还没掌握谋生技术；落入贫困的惨境中看不到出路；还在幼弱、天真无邪的年龄，面临罪恶与失望的种种诱惑。那时的桎梏已不能忍受，还要到异乡客地，在更无情的桎梏下寻找痛苦、错误、陷阱、奴役和死亡：这才是我将要去做的事，这才是我应该看到的前景。然而我给自己描绘的前景大相径庭。当时心中唯有这个念头：相信自己已经获得了独立，无牵无挂，做自己的主人。我相信一切都能做到，一切都能达到，只要纵身一跳，就可腾空飞翔。我进入了广阔天地，万无一失，无处不可以施展才华。沿途都是宴席、宝藏、奇遇、乐意为我效劳的朋友、急于博取我欢心的情人。我一出现就可获得天下，但不一定要全天下，我不必为此操心，因为不需要那么多。我只消一些可爱的交往，其余则不计较了。我有节制地留在精心选择的小圈子里，小圈子唯我马首是瞻。一座城堡可框住我的雄心壮志。做男女主人的上宾、小姐的恋人、少爷的朋友、邻居的保护人，这就满足了，不必有更多的奢望。

我期待着这个平凡的前程，在日内瓦城外徘徊了几天，到认识的几位农民家借宿，他们接待我比城里人亲切。他们迎我进去，留我住，供我吃，超过应有的款待，这不能称为施舍——他们也不摆出高人一等的神气。

> 卢梭到日内瓦外两里路的贡非尼。教区神父德·蓬德韦尔[①]的姓氏在历史上赫赫有名，吸引卢梭前往他家。神父留卢梭住下，没有送他回家，反而认为这是个好机会，给教会送上"一个摆脱异教影响的灵魂"。

初会德·华伦夫人

"上帝召唤您，"德·蓬德韦尔先生对我说，"到昂西去吧！您在那里会遇上一位乐善好施的夫人，国王的恩赐使她能够把别人的灵魂从她犯过的错误中救出来。"这是指德·华伦夫人，一名新皈依的天主教徒，实际是教士逼她与那名出卖信仰的无赖分享撒丁国王赏赐的二千法郎年金。我需要依靠一位乐善好施的夫人，感到很委屈。我很高兴有人供给我日常的需要，但不是给我施舍！信女对我不是很有吸引力，可是德·蓬德韦尔先生的催促，受饥饿的驱使，再则也乐意出一次门，有

[①] 伯努瓦·德·蓬德韦尔（1656—1733），因使众多异教徒皈依天主教而著名。卢梭误以为他是萨瓦（一译萨伏依）一位贵族的后裔。那位贵族因在宗教改革时反对日内瓦新教教派而载入史册。

一个目标，我虽勉强还是下了决心往昂西出发。一天可以轻易到达的路程，我不慌不忙地走了三天。看到道路两旁的城堡就断定有奇遇等着我，没一次不去寻找一番。我不敢闯进城堡，也不敢公然打门，因为我很胆怯。但是我走到装饰最华丽的窗子下唱歌，使我惊讶的是，放声高歌多时以后，居然没看到一位夫人、一位小姐受美妙歌喉或妙趣横生的歌词的吸引探出头来。因为伙伴教过我几首精彩歌曲，我记得很熟，也唱得很出色。

我终于到了，见了德·华伦夫人。人生中这个时期决定了我的性格，我决不会轻描淡写放过。我正十六岁半，虽不能称为美少年，但是身材矫健玲珑：一双纤足，两腿细细的，风度自如，神采飞扬，小嘴巴，黑睫毛，黑头发，眼睛不大且往里眍，但是强烈地闪射着我血中燃烧的热火。可惜我对此毫无所知，我一生中只是到了外貌一无可取的时候才想到留意外貌。除了因年幼产生的胆怯以外，还有天性多情带来的胆怯，总怕不讨人喜欢而忐忑不安。此外，虽然我有点虚夸的才华，但是从未见过世面，对社交礼节一窍不通。我的知识不但不能弥补，反而使我更加胆怯，只觉得自己多么缺少修养。

我担心登门拜访得不到好感，就用别的方法突出我的优点。我写上一封美丽的信，词藻夸饰，相继使用范文名句和学徒用语，为了获取德·华伦夫人的垂青，不遗余力地施展辩才。然后把德·蓬德韦尔先生的信一起封住，出门去进行这次令人胆寒的拜谒。我找不到德·华伦夫人，他们对我说她刚出门上教堂去了。这一天是一七二八年的棕枝主日。我赶去追她：我看见她，等她，跟她说话……我忘不了那个地方。它也是以后多次溅上我的热泪、盖满我的亲吻的地方，我为什么不能在这块福地四周装上黄金栏杆①？不能吸引全世界的人来歌颂它？谁要瞻仰拯救世人的纪念碑，谁就应该跪步走上来。

这是她住宅后面的一条小路，右首一条小溪，把住宅与花园隔开；左首一堵院墙，墙上一道暗门通往方济各会教堂。德·华伦夫人正要走入这扇门，听到我的声音回转头。我一眼看去简直呆了！我想象中她是一位愤世嫉俗的老信女，我认为德·蓬德韦尔先生口中的好夫人不会有别的样子。但是我见到的是一张风韵妩媚的小脸，两只充满温情的美丽的蓝眼睛，容光焕发，勾魂的头颈线条。新入教的年轻人眼珠一转把一切都看全了，因为我立即成了她的信徒，深信由这样的传教士宣扬的宗教，必然会把人送入天堂。

我手抖抖地把信递给她，她笑盈盈接了过去，打开，把德·蓬德韦尔先生的信扫了一眼，又回到我的那封。从头看到底，要不是仆人禀报该是进去的时候了，她会再看一遍的。"啊！我的孩子，"她说话的声调令我颤抖，"您年纪轻轻就漂泊异乡，实在太可惜了。"然后不等待我回答，又说："上我家去等着我，跟他们说给您备饭。弥撒后我来找您谈。"

---

① 这个愿望在 1928 年，即那次见面后两百年得以实现，今日昂西卢梭纪念馆前竖立着这道栏杆。

德·华伦夫人二十八岁，是位富有魅力、和气好客的妇女；她被让-雅克的遭遇打动了心，决定——但不热心——把他送往都灵"一家培训年轻新教士的教育院"。这位青年被托付给一个"粗汉"萨勃朗，他和妻子一起要去都灵。他们动身后一天，卢梭父亲来昂西找他，见到了德·华伦夫人，然后回到尼翁，并没想去追儿子，虽然他自己骑马，儿子则是步行。

都灵之行

我高高兴兴跟着虔诚的向导和他的配偶赶路。一路上平安无事。身心感到从来未有过的舒畅：年轻，有朝气，身体健康，无忧无虑，对人、对己充满信心。我正处在人生中这段短暂但宝贵的年华，旺盛的活力通过五官使全身感觉舒展，眼中万物因充满生的魅力而更美了。我淡淡不安中有了一个目标，使生活不再那么彷徨，想象力也不再飘移不定：我把自己看成德·华伦夫人造就的人、学生、朋友，甚至情人。她对我说感人的话，对我作轻柔的抚爱，对我表示体贴关注，明媚的目光在我看来充满情爱，因为它引起了我那样的感情。一路上我对这一切左思右想，沉浸在美妙的梦幻中。我对自己的命运不用担忧与疑虑，这些好梦也不会中断。送我上都灵，根据我的看法，是负责把我送到那里生活，有个适当的位子。我不用再为自己操心，一切都有人代劳了。这样我就摆脱了这份负担，步履轻松。满脑子青春的欲望，美妙的期待，出色的计划。看到的种种事物仿佛都成了下一件喜事的保证。幻想中家家户户摆上乡村的宴席；青草地上进行嬉闹的游戏；沿河两边有人戏水、散步、钓鱼；树枝上美果累累，绿荫下情侣双双；山坡上三三两两的牛奶桶，一种悠闲自在的情景，恬静、淡泊、信步漫游的乐趣。总之，万物映入眼帘莫不赏心悦目。自然景观中的雄伟、繁茂和真实的美，使我这样赏心悦目确是有道理的。就是虚荣心也在其中作怪。那么年轻就游历了许多地方，而今又前往意大利，跟着汉尼拔①的踪迹翻山越岭，都不是我这年龄该有的荣誉。除此以外，沿途不时地有良好的歇脚点，胃口好也总会得到满足。说来也是，我不必有意不填饱肚子，与萨勃朗先生共桌，我的食欲根本显不出来。

　　我记不得一生岁月中，哪个时期比我们这次七八天旅途中更少忧虑、更少劳苦了。因为我们的步子都要按萨勃朗太太的步子走，而她把旅行作为长途散步。这件往事使我对旅行的一切，尤其对山岭和徒步旅行保持了最强烈的兴趣。我只是在风华正茂的年代徒步旅行过，总是兴意盎然。不久，职责、事务、随身行李，叫我不得不摆出贵人的架子，雇车出门，可是焦虑、不便、拘束也随着一齐上了车。从那时起，我渴望的是早早到达，不像从前旅途中只感到走路的愉快。我长期在巴黎寻求两位志同道合的伴侣，愿意各人积累五十路易和一年时间，一起徒步走遍意大利，没有其他人同行，除了带上个童仆

---

① 汉尼拔（公元前 247—前 183）：布匿战争中迦太基名将。

跟了我们背睡袋。应征的人很多，表面也很热心这项计划，但是骨子里每人都认为纯然是空中楼阁，可作为谈话资料，真要付诸实施则不愿意。我记得与狄德罗和格里姆热情谈起过这项计划，引得他们也想入非非。我以为这下子事情妥了，但是一切都只是纸上谈兵，在通信中格里姆觉得最有趣的是叫狄德罗犯下许多亵渎神圣罪，让我关进宗教裁判所代他受过。

我遗憾那么快来到了都灵，但很高兴看见的是一座大城市，又期望着即将头角峥嵘，遗憾的心情也有所减轻。因为沽名钓誉的虚荣已在我心中抬头，我满以为自己超过学徒的身份不知有多少，哪里晓得不久以后还远远不如当初。

刚才提及和接着要谈到的琐碎小事，在读者的眼里是毫无意义的，但我还要喋喋不休，这点要向读者道歉或辩解。既然在本书中要把自己整个儿交给读者，就应该没有掩饰和隐瞒，就应该一刻不停地出现在他们眼前。他们追踪我心灵中一切迷误，探索我生活中每段隐私，不漏过一时一刻。要不然他们发现叙述中有最小的漏洞与空白，心里会想：这段时期他做了什么？会指责我不愿意把一切都说出来。我只会因多说而向狡黠的人露出不少可乘之机，而不要因不说再落下什么把柄。

让-雅克进了教育院，他的初次印象不佳。他开始总结直到那时各个照顾过他的人对他灌输的宗教教育，思索改宗的严肃性。

改宗以前

我对宗教的信仰，不外乎我这年纪的孩子能有的那种信仰，我甚至还多一些。因为我何必在此伪装我的思想呢？我的童年绝不是一个孩子的童年，我一直像大人那样感觉和思想。只是随着年龄增长，我又回到平庸——出生时就超越了平庸。人们会笑话我自谦是位神童，那就由他了。但是笑过以后，请大家给我找出一个孩子，他在六岁时会被小说吸引、迷住、激动得涕泗滂沱。以后我若觉得我自负得可笑，我会认错的。

因此，如果人们愿意孩子有一天得到宗教信仰，就不应该对他们谈论宗教。他们不可能——即使像我们这样——认识上帝的。我说这话 [①] 不是从我本人经验，而是从我本人观察得来的看法。我知道我的经验对别人说明不了什么。请你们找几个六岁的让-雅克·卢梭，七岁时跟他们谈论上帝，我保证你们不冒什么风险。

人们认为，我也相信，一个孩子，即便一个大人，有宗教信仰，也只是信奉他出生时的那个宗教。有时信得少些，很少会信得多些。教义的信奉是教育的结果。除了遵奉祖先的仪式这一个共同原则外，我对天主教还怀着我家乡人特有的那种厌恶。他们把天主教说成是一种可恶的偶像崇拜，把神父贬得一无是处。这种看法在我心中是根深蒂固的，以致最初对

---

① 在《爱弥儿》中，卢梭提出这个观点，使他遭到谴责与迫害。

天主教堂内部看上一眼，遇到一位披小白裰的教士，听到迎神赛会的铃声，没有一次不是惊恐得浑身发颤。到了城里这种颤抖就没了，但是乡村教堂与我害怕的教堂比较相像，我到了里面有时会旧病复发。想起日内瓦郊区的神父乐意爱抚城里的孩子，这正与我那种印象形成奇异的对比。临终圣体的铃声令我恐惧，而弥撒或晚祷使我想起午餐、点心、新鲜牛油、水果、乳制品。德·蓬德韦尔先生的好饭好菜还是影响深远。因而我在这方面很容易头重脚轻，不能自已。我总是把教皇这一套与娱乐、美食联系起来看，不难俯首帖耳去过这样的生活。庄严入教的念头以前在脑中只是一闪而过，以为要到遥远的将来再说了。但事到如今，我已没有办法自欺欺人，我怀着莫大的惊骇心情看待自己做出的承诺及其不可避免的后果。我周围未来的新教友不是那些能以榜样给我勇气的人。我心里明白，我将要进行的功德归根结蒂是歹徒的勾当。我虽年轻但已感到不管哪个宗教是真的，反正我要出卖的是自己的宗教。即使选择得对，心底还是在对圣灵撒谎，应受人家的蔑视。我愈想愈冲着自己发火，抱怨命运使我落到这个地步，仿佛这个命运不是我自己造成似的。有几次，这类想法非常强烈，要是我有一会儿看到门开着，肯定会逃之夭夭。但是这是不可能的了，这个决心也没有好好坚持。

那么多的秘密欲望在跟决心搏斗时是不会不赢的。此外，坚决不回日内瓦的顽固计划、无脸见人、翻山越岭的辛苦，以及远离故乡、举目无亲、没有钱的困窘，这一切都使我把内疚看作是个来得太晚的悔恨。我故意谴责我已做的事，是为了原谅我以后会做的事。我夸大从前的谬误，是把未来的谬误看作事情的必然结果。我不对自己这样说：事情还没有定局，你若愿意还是可以保持清白的；我对自己说的却是：对你应该承担责任而又没法回避的罪过，叹惜几声算了吧。

事实上，推翻我到那时所能做的承诺，辜负人们对我的期望，挣断我加在自己身上的锁链，毫无惧色地宣布我要继续信奉祖先的宗教，不顾今后一切后果，这在我那个年纪需要多么坚强的心灵力量！这样的力量不是我那个年纪所能有的，也很少可能得到侥幸的成功。事情已经到了那个地步，无人愿意走回头路，我反抗愈厉害，人们愈会想出各种各样办法逼我就范。

使我堕落的那种诡辩，也是大多数人使用的那种诡辩，他们在精力用得太晚的时候埋怨说精力不济。道德利用我们的错误才叫我们付出昂贵的代价，如果我们愿意永远做明智的人，我们就很少需要做有道德的人。但是一些很易克服的倾向诱使我们放弃防御，我们在向微小的诱惑让步，忽视了它们的危害性。我们不知不觉陷入原来可以轻易防备的危险境地，而今则需要我们使出令我们生畏的英勇毅力才能自拔。终于，我们跌入深渊，向上帝诉说："为什么你使我生来这样软弱？"但是他不顾我们而向我们的良心回答："我使你生来过于软弱，不能从深渊自拔，可是我使你生来足够坚强，不至于跌入深渊。"

我没有明确下决心做个天主教徒。但是我看到期限还远，就从从容容去适应这个想法。在此期间，我还臆想出现什么意料不到的事可使我摆脱困境。我决心为了争取时间，尽量采取最妥善的保护措施。不久，虚荣心又使我不去考虑自己的决心了。自从发觉既然有时能够把那些企图指引我的人难住，我还不是照样可以完全驳倒他们。干这类事我热忱得可笑。因此，在他们教育我的时候，我也开导他们。满以为只须说得他们无辞以对，就可使他们转变成新教徒了。

> 经过多次事件和让-雅克几回抗拒教士的说教后，已到了受洗礼的那天。让-雅克从教养院出来，很失望："他们祝我好运后把门在我身后关上，一切都消失了。"几天无所事事，后来在一位漂亮的女店主巴齐尔那里找到一份小差使。丈夫的嫉妒割断了这段甜蜜的情史，让-雅克只得离开。巴齐尔介绍他去德·韦塞利夫人家当差。德·韦塞利夫人三个月后死于癌症。在她家发生缎带失窃一事。

缎带失窃

一个家庭的解体难免不在屋子里引起一些混乱，丢失一些东西。可是仆人的忠诚，洛朗齐先生和太太①的照顾周密，财产清单上的物品一件不少。只有蓬塔尔小姐②遗失一条银红相间的小缎带，也很旧了。许多其他好东西我唾手可得，只是这

---

① 德·韦塞利夫人家的管家。
② 德·韦塞利夫人的贴身女仆。

条缎带使我动了心，我偷了过来。因为我没想藏好，他们立刻就找到了。他们要知道我从哪儿取的。我慌了，说话结巴，最后涨红脸说是玛里翁送给我的。玛里翁是一位年轻的莫里昂纳姑娘，当德·韦塞利夫人不再设席宴客，需要鲜美的杂烩更甚于精致的菜肴时，辞退了厨师，就由玛里翁给她掌勺。玛里翁不仅美丽，而且脸色鲜艳，只有山里人才会这样。她尤其温和质朴，人人见了都觉得可爱。何况又是一位好姑娘，文静、忠心耿耿。我一说出她的名字，满座皆惊。但是大家对我的信任不亚于对她的信任，认为查清这两个人中谁是骗子事关重大。他们派人去叫她，当时聚了很多人，德·拉·罗格伯爵①也在场。她来了，有人给她看缎带，我无耻地控告她。她愣住了，一言不发，向我看一眼，这一眼魔鬼见了也会心软，可是我这颗野蛮的心却不为所动。她终于自信地，但是不带怒气地否认，呵斥我，督促我扪心自问，不要诬赖一名无辜的少女，她可是从来没有伤害过我！而我像个恶魔那样无耻，重申一遍我说过的话，当着她的面肯定缎带是她送给我的。可怜的少女哭了起来，只会说这几句话："啊，卢梭，我以前把您看作好人，您害得我好苦，但是我可不愿像您那个样。"事情都摆在那里。她继续自卫，又纯朴又坚决，然而决不说一句骂我的话。她态度克制、温和，而我语气斩钉截铁，显出是她错了。一方是恶鬼似的大胆，另一方是天使般的温柔，很难令人相信这是

---

① 德·韦塞利夫人的侄子与继承人。

自然的。大家显得没法断定，但是偏见对我有利。当时乱哄哄一片，大家没有时间深究。德·拉·罗格伯爵把我们两个都辞退了，淡淡说上一句，有罪者的良心会替无辜者进行适当的报复。他的预言没有落空，它没有一天不在应验。

我不知道我诬告的牺牲者后来怎么样了，但是看来她此后不容易找到适当的人家。她蒙受了奇耻大辱。偷的是一件小东西，但总是偷，更糟的是偷了来去引诱一个年轻小伙子。总之，又撒谎又拒不承认，这么多的恶习集中在一人身上，还能对她抱什么希望呢？我还不把贫困、遭人遗弃看作我坑害她后的最大危险。谁知道在她那个年纪，平白无故受辱后产生的绝望心情会把她推到什么样的境地？唉！如果害苦了她的内疚已叫我无法忍受，那么使她变得比我还坏的这种悔恨是什么样的，就由大家去揣测了。

这段残酷的往事时常使我内心不安，辗转反侧，在不眠中见到这位可怜的少女来斥责我的罪过，仿佛这是昨天刚犯似的。当我过着平静的生活时，它对我较少折磨；但是在那些风狂雨骤的日子里，我就不敢心安理得地说自己是无辜者在受罪，它使我深刻体会到我在某本书内说过的一句话：悔恨在万事如意时安睡，在身处困境中发作。

可是我从来没有与一位朋友推心置腹来供认这件事，减轻良心的重负。最亲密的友谊也没有叫我对谁泄露过，对德·华伦夫人也是如此。我能够做到的是承认做过一件丑事应该自责，但从不说明这究竟是怎么一回事。这事沉重地压在我的良心上，至今未见减轻，我几乎可以这么说，想要稍微摆脱这件事的愿望大大促使我下决心撰写我的忏悔录。

刚才那段忏悔，我很痛快地说了出来。肯定不会有人以为我在这里文过饰非。我要是不同时披露内心的想法，害怕说出真相会被人看作在原谅自己，我就达不到写这本书的目的。在这个残酷的时刻，我压根儿没有恶意。我之所以伤害这位可怜的少女，究其原因是出于我对她的友情——这说来奇怪，但这是真的。那时我正想着她，就把自己的过失推到第一个出现的人身上。我诬陷她做了我自己要做的事，我诬陷她送给我缎带，正因为是我想送给她。看见她出现时我的心也碎了，但是当着那么多人的面，悔恨心给压了下去。我不太怕惩罚，我怕的是羞辱。我怕羞辱比怕死、怕犯罪、怕世上一切都厉害。我真愿意钻入地心，闷死在里面，不可克服的羞耻心战胜了一切，只是羞耻心使我做事不顾羞耻。我愈有罪，怕认罪的心理愈使我鲁莽。我恐惧的只是被人当面认定，当众宣布是小偷、撒谎者、诬告人。这种不安压倒了一切，使我没有其他想法。如果容许我三思，我必然会说出一切。如果德·拉·罗格先生把我拉到一边，对我说："不要陷害这位可怜的少女！要是您错了，向我承认吧。"我会立即跪倒在他的脚下，我完全可以肯定。但是需要给我勇气的时候，他们却一味恫吓我。再说年龄也是必须公正对待的，我到底才刚刚脱离童年时代，也可说还处于童年时代。青年时代的真正卑劣行为要比壮年时代更可恶：但只是软弱又当别论，我的错误归根结蒂不过如此。因而想起此事，不在于此事本身的痛苦，而在于此事引起的痛苦，使我深深伤心。对这件事的回忆也使我得到这个教益：就因为我犯的这次过失给我留下了可怕的印象，才防止我在以后岁月中又做出一切会导致犯罪的行为。我认为我憎恨撒谎，很大原因是我痛悔自己居然说得出那么恶劣的假话。如果一个罪行可以弥补的话，就像我大胆相信的那样，那么我晚年遭受不断的磨难，四十年艰苦岁月中保持刚正不阿，也算是弥补了这个罪行。可怜的玛里翁不论被我害得多么苦，她在世上找到了那么多的人替她复仇，我还有什么忌讳要把这个罪孽带到身后去呢？以上就是我在这一章内要说的话。请允许我以后不再谈起此事。

第三章

(1728—1730)

他在都灵过了五六个星期，没有事做，心情忧郁，不过还是有几次有趣的往来。

萨瓦副主教的原型人物 [1]

住在德·韦塞利夫人家的那段时期，我结识了几位朋友，暗中希望与他们交往能对我有用。我常去看望一位萨瓦的神父，名叫甘默 [2]，是德·梅拉莱特伯爵家的家庭教师。他还年轻，很少交游，但是明辨是非，为人正直，学识丰富，是我认识的最正派的人之一。对于吸引我上他家所抱的目的，他也是帮不了忙的。他还没有资望为我安排一个位子，但是我在他身边得到的好处则更珍贵，使我终身得益匪浅，那是道德训诲和至理名言。我的情趣与思想在嬗变过程中，不是过于高尚便是过于低下，阿喀琉斯或是忒耳西忒斯 [3]，时而是英雄，时而是无赖。甘默先生尽力开导我安分守己和正确了解自己，既不姑息我也不使我败兴。他非常磊落地谈到我的天性与才能，但是

---

① 《萨瓦副主教》是卢梭《爱弥儿》的一部分。
② 甘默神父（1692—1761），他在神学院完成学业后来到都灵，卢梭认识他时他已在都灵住了六年。
③ 荷马史诗《伊利亚特》中的人物，前者是英雄人物，后者是卑劣小人。

他接着说他会看到出现障碍，妨害我充分发挥天性与才能，在他看来它们不应该成为我飞黄腾达的台阶，而应该是不慕富贵的支柱。他对我描绘了一幅真正的人生图画，我对它只有一些不切实际的想法。他向我指出明智的人如何能在逆境中向往幸福，迂回曲折地去达到幸福；没有明智怎么也没有真正的幸福；明智怎么又有各种等级地位的明智。我对高位显爵不胜羡慕，他给了我当头一棒，向我说明压迫者并不比被压迫者更贤明、更幸福。他说到一件事，时常萦绕我的心头，就是每个人若能窥清其他人的心意，那么愿意下来的人会多于愿意高升的人。这个想法切实中肯，叫我终生受惠，守本分而不以为意。他使我理解诚实的真正本义，原来我那华而不实的天才只是在诚实表现得非常充分时才有所领悟。他使我觉得社会上对崇高美德的热情是不多见的，蹿高者必然下跌，持续不断地做好小事，不比干英雄大业少花精力，而对荣誉与幸福则更为有益。时时受别人尊重远远超过一时受别人崇拜。

欲要确立人的职责，必然追溯到职责的原则。然而我不久前跨先并导致我目前处境的这一步，也引使我们谈到了宗教问题。人们已经发现正直的甘默先生至少大体上是萨瓦副主教的原型人物。只是出于明哲保身，他说话更加含蓄，对某些事的表态也没那么坦率。至于其他如箴言、想法、意见都是一致的，甚至劝我回归故里也复如此，这一切我都在后来公诸于众了。因而我对大家已知其要点的谈话内容不复赘述，我只说他贤明的教诲最初没有发挥作用，但在我的心田成了美德与宗教的萌芽从不窒息，只待来日经一只更亲热的手的栽培而开花结果。

虽然那时我对改宗不很诚心，我还是受到了感动。他的谈话一点不令人讨厌，反而叫我入迷，因为他说得简单明白，尤其出自肺腑，我觉得非常实在。我的灵魂充满爱，我对别人产生感情是根据他们期望我好，更多于根据他们对待我好。依照这条原则，我的直觉不常使我失误。因而我真心爱甘默先生，也可说我是他的私淑弟子。那时候我正因游手好闲滑在了罪恶的下坡路上，这一切使我回了头，在当时对我的好处不可估量。

德·韦塞利伯爵夫人的侄子德·拉·罗格伯爵，替他在德·古封伯爵家找到一份差使。德·古封伯爵是王后的第一侍臣，家里除了一个儿子以外，还住着德·古封神父、儿媳德·布莱依侯爵夫人和她的女儿德·布莱依小姐。卢梭有一个优厚的地位：他在管事处用餐，伺候宴席，可以免穿号衣。可是他的自尊心受到了委屈，总爱寻机会出气。

仆人的胜利

德·布莱依小姐跟我年纪相仿，体态优美，并有几分姿色。她皮肤洁白，头发乌亮，说来是个棕发女子，眉宇间却有金发女子的妩媚，使我的心难以抗拒。非常适合年轻人穿的宫廷礼服显示出她的细腰，突出她的胸脯与玉肩，再加上她那时正在服丧，更烘托出她的肤色光艳夺目。有人会说，一个仆从不应该注意这类事。我做得不对，毫无疑问，但是我还是注意到了，而且不止我一人。总管和侍仆有时在饭桌谈论这事，言辞粗鄙，使我听了痛心不已。然而我没有晕头转向堕入情网。我没有忘乎所以，我安守本分，就是欲念也没有萌生过。我喜欢看到德·布莱依小姐，喜欢听人家对她说几句表示机智、心得和诚恳的话。我的心意仅限于愉快地侍候她，不超出职责范围。饭桌上我专心找寻机会行使这些职责。她的侍仆一离开她的席位，人家立刻看到我替补上去侍候，平时我站在她的对面，看她的眼色琢磨她要做什么，窥伺时机给她换盘子。我非常乐意她肯吩咐我做些什么，看上我一眼，跟我说句话，但是从来没这回事。我感到羞辱的是她眼中根本没有我，甚至没有发觉我在这里。可是她的兄弟有时在桌上跟我说话。一次，他对我说了一句什么不中听的话，我回答得非常巧妙婉转，引起了她的注意，对我另眼相看。这一瞥为时很短，我还是很激动。第二天，获得她第二次青睐的机会又来了，我没有放过。那天府里举行盛大宴会，我第一次看到总管腰挎短剑，头戴礼帽，十分惊讶。偶然间话题扯到索拉①家的箴言：Tel fiert qui ne tue pas，它与族徽一起绣在一张壁毯上。因为皮埃蒙特人一般不精通法语，有人发现箴言中有一个拼法错误，说 fiert 这词不应该有 t。

①　德·古封伯爵的长子德·布莱依侯爵家的姓。

德·古封老伯爵正要回答，但是先对我看了一眼，见我一笑而没敢说话，命令我发言。于是我说我不认为 t 是多余的，fiert 是法语中的古字，不是来自名词 ferus(自豪、威赫)，而是来自动词 ferit(打击、杀伤)。因而这句箴言在我看来不是说威而不杀，而是说伤而不杀。

全室的人都看着我，又相互对看，不说一句话。一生中还没见过这样惊讶。但是更叫我得意的是，我清清楚楚看到德·布莱依小姐脸上露出满意的表情。这位那么不把别人看在眼里的人竟会对我看上第二眼，这一眼至少不比第一眼差。然后，她转眼看她的祖父，好像不耐烦地等待他赞扬我。确实，他对我的夸奖那么充分和不遗余力，神气那么高兴，使全席的人都忙不迭地随声附和。这一个时刻不长，但是尽善尽美。这是极其难得的时刻，事物都按天意得到了安排，使屡遭财富凌辱的才能扬眉吐气。几分钟后，德·布莱依小姐又举目看我，声音既羞怯又和蔼地请我给她拿喝的。你们可以猜到我不会令她久候。但是我走近时，突然全身哆嗦，以致把杯子倒得太满，水洒到了盘里，还溅在她的身上。她的兄弟冒失地问我怎么会抖得那么厉害。这个问题还没有使我镇静下来，德·布莱依小姐则连眼白也红了。

德·古封神父教他拉丁文，他逐渐成为府里的宠儿。他可以在那里幸福生活，因为他的前途好像有了保障。可是他遇到学徒时期的一位同伴巴克尔，他是一个风趣快活的浪荡子。让-雅克又沾上了自由散漫的习气，与这个青年混得火热，最后离不开他，又怠于职守。他的保护人无可奈何地把他辞退了。他决定随巴克尔到日内瓦去。可是在昂西，两个青年分道扬镳，因为让-雅克对出走感到后悔，决定去找德·华伦夫人。德·华伦夫人热情接待他，留他住在家里。"我的名字叫孩子，她的名字叫妈妈"。

德·华伦夫人家的生活

只有她不在我眼前的时候，我更加感到对她恋情的全部力量。见到她时感到的只是高兴；但是看不见她时，我的不安渐渐达到痛苦的程度。跟她共同生活的渴望激起我阵阵柔情，有时令我潸然泪下。我永远记得那个大节日，她在教堂做晚祷，我去城外散步，心里充满她的影像，热望在她身边度过我的岁月。我很明白目前还不可能，我深深体验的这一种幸福不会长久。这给我的遐想增添了伤感，然而这种伤感不是消沉的，它夹着一种惬意的希望。永远令我悠然神往的钟声，鸟的歌唱，白天的美，乡野的幽静，疏疏落落的田间房舍——思想上我与她同住的房屋也在其间——这一切引起心头一种强烈、温柔、惆怅、动人的感受。在这个幸福的时刻，在这个幸福的住地，我看到自己飘飘欲仙，心里怀着可以引起她欢心的无上快乐，体会到此不由得说不出的陶醉，根本没去想官能方面的乐趣。我记不得我曾比那时带着更大的力量和幻想去奔向未来。当我回忆起这段梦想时，最令我吃惊的是实现的事一件件都和我想象的一模一样。如果说清醒的人的梦想颇像先知的预感，那么肯定是指我的那次梦想而言的。只是想象持续的时间叫我失望。因为在想象中一日、一年，乃至一生都在不变的宁静中度过的，事实上，这一切都一掠而过。唉！我那始终如一的幸福仅存在于梦想中，差不多就在梦醒后的那一刻这种幸福已经结束了。

我的时光过得再愉快也没有了，而做的事则恰恰相反。那是草拟计划，誊清账目，抄写药方；还有挑选药草，捣碎药材，照管蒸馏器。这些事引来了成群的过路人、乞丐和形形色色的访客。要同时接待士兵、药剂师、教士、贵妇人、教会杂役。我赌咒发誓，骂骂咧咧，恨不得把这群乌七八糟的家伙统统轰走，而她对这一切却兴致勃勃，我的火气反使她笑出了眼泪。我愈发火，她笑得愈欢，我也情不自禁地笑了起来。我爱嘟囔的时刻也是很有意思的。如果斗嘴时又来了一位新的讨厌鬼，她更会乘机来寻开心，出鬼点子跟客人磨蹭，频频转眼看我，恨得我真想揍她一顿。看到我怕失礼而忍着不敢发作，狠狠瞪着她，这时她没法再控制自己，哈哈大笑。其实我心里也觉得一切非常滑稽。

这事本身并不使我高兴，然而是我的好日子的组成部分，也就叫我感到有趣了。我周围发生的事，人家要我做的事，没一件符合我的情趣，但一切都称我的心意。如果我对医学的厌恶不造成这些笑笑闹闹的场面，叫我们乐个不停，我相信我会爱上医学的。这工作产生这样的效果恐怕也是第一遭。我自诩

从气味就能闻出是不是一本医书，高兴的是很少出错。她要我
品尝味道最恶心的药材，我躲开与推托都无济于事。我尽管抗
拒和装出可怕的鬼脸，尽管不乐意和龇牙咧嘴，但看到她美丽
的、染成五颜六色的手指伸近我的嘴，只好张口呲一下。当
她的小设备都放在同一房间时，谁听到我们在大笑声中又跑又
叫，都会以为我们在里面搬演什么闹剧，不是在配制麻醉药或
酏剂。

　　我的时间当然并不都消磨在这类顽童游戏中。我在我住的
房间里发现几本书：《观众》①、普芬道尔夫②和圣埃弗尔蒙③的集
子、《拉·亨利亚特》④。尽管已没有从前读书的狂热，闲来无事
还是把这些书都看了一下，《观众》尤其使我感兴趣，给我很多
帮助。德·古封神父教我读书不要贪多，但要勤于思考，这样
读书使我收获更大。我养成琢磨口语与优美文句的习惯，练习
辨别纯正法语与我的方言土语的能力。比如说，《拉·亨利亚
特》中这两句诗，改正了我的一个拼法错误，我和其他日内瓦
人都是这样写的：

　　Soit qu'un ancien respect pour le sang de leurs maîtres Parlât

encor pour lui dans le cœur de ces traîtres.

---

① 伦敦出版的戏剧杂志，1714 年起出法文版。也有人认为是马里沃 1722 年创办的《法国观众》。
② 普芬道尔夫（1632—1694），德国法学家、史学家，"自然法" 理论奠基人之一，也是户梭《社会公约》理论的一位先驱者。
③ 圣埃弗尔蒙（1610—1703），法国评论家，因谴责《比利牛斯条约》而于 1661 年流亡国外。侨居英国时，是法国民族思想的代表人物。
④ 伏尔泰的长篇史诗，出版于 1728 年。

（或是对主人后裔由来已久的尊敬还在这些叛徒心中为他求情。）

Parlât 这个词使我惊讶，我学到虚拟式第三人称需要一个 t 字，以前我都把它像直陈式现在时（原文如此）一样，写成和念成 parla。

有时我和妈妈①谈论我读的书，有时我在她身边阅读，感到极大乐趣。练习好好朗读，这对我也有用处。我说过她是个有才情的人，那时也正当年华。许多文人争先恐后向她献殷勤，教她如何鉴赏好作品。她的情趣——恕我这么说——接近新教徒。她张口闭口不离贝依勒②，十分尊敬已在法国逝世多年的圣埃弗尔蒙。但是这并不妨碍她了解优秀文学，谈起来头头是道。她成长在精心选择的社会圈子里，到萨瓦时年纪还轻③，与当地贵族过从甚密，改掉了她老家沃德那种矫揉造作的腔调，那里的妇女认为谈吐花哨是上等人的才智，不用警句就说不成话。

她只算是路过王宫，匆匆扫了一眼，但这一眼已够她对宫廷有所了解。她在宫里始终保持着几位朋友。尽管有人暗中嫉妒，尽管她的行为与债务引起窃窃私语，她从没失去过她的年金。她有上流社会的处世经验，又有利用这份经验的思考能

---

① 在萨瓦，对家庭主妇的一种爱称。
② 皮埃尔·贝依勒（1647—1706），法国哲学家、历史学家，出身于新教徒家庭，18 世纪自由思想先驱。
③ 1726 年，那时她二十七岁。

力。这是她几次谈话中的得意话题，恰也是我这个想入非非的人最需要的一种教育。我们一起阅读拉勃吕耶①，她喜欢他超过拉罗什富科②。后者的作品悲观压抑，尤其在青年时代，大家不愿看到人是这副模样。她议论道德时，好几次谈得有点不着边际。但是我不时地吻她的嘴，吻她的手，就有了耐心，她的长篇大论也不叫我讨厌了。

这样的生活太美了也就长久不了。我感到这点，担心好景不长是我那段欢乐生活中的唯一愁事。妈妈一边和我闹着玩，一边研究我、观察我、询问我，为我的前程筹划种种在我看来是多余的计划。幸而了解我的倾向、情趣、小才干是不够的，还需要寻找或创造施展的机会，而这不是一天做得成的事。这位可怜的夫人对我的才能有一些定见，使她在方法选择上更为挑剔，也拖延了我施展才能的时机。总之，多亏她对我的良好评价，一切发展都符合我的心意。但是不应该好高骛远，那样就永无安宁了。

> 德·华伦夫人认为让-雅克天资出众，问她的一位亲戚多波纳先生。他的看法证实卢梭在为自己性格辩解时所作的描述："他的观察结果如下：尽管我的外表和生动的容貌看起来很有出息，我即使不完全愚钝，至少是天资不高，没有主见，也几乎没有学识。总之一句话，各方面非常狭隘。有朝一日

---

① 拉勃吕耶（1645—1696），法国伦理学家。
② 拉罗什富科（1613—1680），法国作家，出身贵族，投石党运动参加者，著有《道德箴言录》。

荣幸地做个乡村神父，已是我该盼望的最大造化了。"

卢梭自画像

这样的评语究其原因，是太侧重我的性格，在此必须加以说明。因为人们感到我不会心悦诚服，不管马塞隆、多波纳和其他许多人说什么，多么不存偏心，我也不会把他们的话当真的。

在我身上存在两种几乎完全不相容的东西，就是我也不知道它们是如何结合的：一方面脾气焦躁，情绪热烈冲动，另一方面思想迟钝，表达不清，还总是在事后才形成的。简直可以说我的心与头脑不属于我一个人。我的感情布满我的心灵要比闪电还快，但是它不是使我明白，而是使我燃烧，使我迷惑。我一切都感觉到，却什么也看不见。我激动，但是呆头呆脑；我要静下心来才能有思想。奇怪的是只要给我时间，我做事很有分寸，观察深刻，甚至很有智谋。我从从容容可谱写成出色的即兴曲，但是一时半刻内做不出像样的事，说不出像样的话。我在信中把话说得很漂亮，像俗语说的：西班牙人下棋。当我读到萨瓦公爵的一则故事，他正走着路，突然回头喊："当心您的脖子，巴黎商人。"① 我说我正是这样的人。

思想迟钝与感情敏捷的两重性，不但与人谈话时如此，一个人工作时也是如此。想法在我头脑中形成条理，其困难程度

---

① 亨利四世时代，萨瓦公爵经过巴黎，一名商人没有认出他的身份，出言不逊。公爵一时没有觉察他在侮辱自己，快到里昂时才说出这句回答。

令人咋舌：它们在里面嗡嗡打转，发酵膨胀，直至推动我，给我升温，给我冲力；激动过程中我什么也看不清，写不出一句话，我还应该等待。不知不觉间大混乱平静下来，混沌廓清，每样东西各就各位，这些都是慢慢地在一阵长久混乱的动荡后进行的。你曾经在意大利看过歌剧吗？换景时，这些大舞台乱成一团，令人不快，历时很久；布景道具杂陈无序，到处横七竖八的叫人看了心烦，以为一切都乱了套，可是慢慢地安排舒齐，什么都不缺，在长时间的喧嚣后看到出现一个赏心悦目的场面，不由大为惊奇。这样的大操练与我要写作时脑中发生的情况很相像。如果我学会首先等待，然后把这些涂上颜色的素材巧妙组合，显出它们的美，那时要胜过我的作家为数恐怕不多。

　　写作对我是难上加难。我的手稿涂涂改改，乱得难以辨认，说明它们要我作出过怎样的努力。没有一部稿子不是经过四五次誊写才送去编排的。手里拿一支笔，面对着桌子和纸张，从来写不出东西。这是在山林之间散步时，在床上夜不成眠时，我打起了腹稿。人们可以想象缓慢的程度，尤其对一个绝对没有语言记忆，一辈子也背不上六句诗的人来说。有些段落在我头脑里翻来覆去五六个夜晚，才能落笔写在纸上。此外我写需要付出劳力的作品，要比写笔调轻快的文章顺手。比如书信，我就从来不能掌握其分寸，写的时候像在受苦刑。就是在信中写些琐碎小事，也要我冥思苦想几个小时。如果心里想什么立即写什么，我就不知如何开头、如何收尾，信中废话连篇，又长又乱，读了令人不知所云。

对我来说不单表达是件难事，领会也不容易。我观察人自以为相当精通，可是我看到的不是当时目睹的东西，我看到的只是事后回想起来的东西，我只是在回忆时才若有所悟。对别人所说的一切，别人所做的一切，我面前发生的一切，我感觉不了，深入不了，给我留下印象的仅是事物的外表。但是不久这一切又出现在心中，我记起了地点、时间、声调、目光、姿态、环境，一样不漏。这时，我能从别人做过什么，说过什么中看出别人那时想的是什么，而且很少出错。

我独处时尚且很少掌握自己的思想，大家可以判断我与人交谈时更会怎么样。交谈时，说话要得体，必须同时立即想到千百件事。要遵守的礼节那么多，我要忘记的肯定不止一个，一想起来我就吓得趔趄不前。我不明白别人怎么敢在大庭广众前开口。因为每说一句话，必须逐一审视在场的人，必须熟悉他们各人的性格，了解各人的历史，才有把握说话不得罪任何人。在这方面，交游广的人有一大优点，知道什么话不该说，就有把握什么话可以说，然而有时也难免语言不慎。对一个神思恍惚的人，大家可以判断出他没法说上一分钟的话而不挨骂。两个人谈话更有一种不便之处，我觉得它还要糟糕，那就是说话不能停顿。对方跟你说话，你必须回答；对方一句话不说，你必须无话找话说。单是这种不可忍受的拘束，就使我厌恶交际界。我觉得没有什么比必须即刻说个不停这个负担更可怕的了。我不知道这是否出于我对任何屈从关系的切齿痛恨。

但是绝对需要我说话时，我说出的必是蠢话无疑。

还有一件事也是必然的，那是既然知道没话可说，就要明白不去无话找话说。偏偏在那时，为了快快还债了事，我发疯似的说起话来。我慌慌张张，结结巴巴，语无伦次。要是这些话根本毫无意义，那我是太幸运了。为了克服或掩饰我的笨拙，我往往表现得更加笨拙。

　　　　这时发生一件事，说明卢梭卖弄才情时的笨拙行为。

我相信上述这件事，足够使人了解我虽不算是个傻瓜，却如何常常被人——还是被有正确判断能力的人——看成是个傻瓜。尤其不幸的是，我的相貌与眼睛长得一副聪明相，人家对我的期望落了空，只会使我的愚蠢更加触目显眼。这件小事虽是特殊情况引起的，但是对后来发生的事倒不是没有用处。它是一把钥匙，可以了解许多怪事，人们看到我做那些怪事，然而归咎于一种我并不具有的孤僻性情。要是我肯定这不会对我不利，也不会受人误解，我会像其他人一样爱交际。我之所以决定写作与离群索居，恰是因为这样做对我最合适。我出现在人前，别人绝不会知道我的价值，他们甚至没想过我是个有价值的人。杜平夫人①对我就是这样，虽然她很有才华，虽然我在她家住过几年。从那时起，她几次对我这样说。这类事固然

① 杜平夫人（1706—1795），税务大臣的妻子。卢梭上巴黎时，曾在她家充当秘书（事见第二部分第七、八章）。

也有例外，那在后面再谈。

卢梭后来到神学院进修，但是他好像没法提高学业，又被送回到德·华伦夫人家。他承认十分爱好音乐，德·华伦夫人决定把他托付给作曲家、大教堂乐师勒·梅特尔，他把卢梭收留在家。一年平静过去了。让-雅克认识了一个浪荡子旺蒂尔，后来与他来往密切。勒·梅特尔与教堂乐师和主持发生争执，逃离昂西；德·华伦夫人吩咐让-雅克伴送他的教师。在里昂，勒·梅特尔突然癫痫发作倒在路上，他的陪同趁此机会卑怯地把他抛弃了。卢梭回到昂西，但是德·华伦夫人已去巴黎，原因不明。

第四章

（1730—1731）

德·华伦夫人不在，他无门可投，决定在昂西等她，又遇到旺蒂尔，两人很少分开。他回忆起这段时间里一次愉快的郊游。

乡野一日

一天早晨，黎明在我看来那么美。我匆匆穿上衣服，急忙赶到郊外去看日出。我尽情享受这份欢乐。这是圣约翰节后的那个星期。大地披上盛装，盖满绿茵鲜花。夜莺歌声快近结束时，好像要唱得更欢、更响亮。百鸟齐鸣送别残春的同时，又在迎接一个美丽夏日的诞生，这么一个夏日在我这个年纪已看不到，在我今天居住的这块凄凉土地①上更是从来没有见过。

我不知不觉地离城市很远，气温更高了，我进入山谷，在树荫下沿着一条小溪走。我听到身后传来马蹄声和少女的喊叫声。她们好像遇到了阻碍，但是依然笑得很快活。我转过身，有人喊我的名字，我走近去看到是两位熟识的少女德·格拉芬

---

① 卢梭当时居住在英国伍顿。

里特小姐和加莱小姐。她们不是高明的骑手，不懂得怎样策马走过小溪。德·格拉芬里特是个非常可爱的伯尔尼姑娘，干了一件符合她年龄的疯事，被逐出家乡，索性开始摹仿德·华伦夫人，我就是在夫人家见过她几回。但是，她不像德·华伦夫人有一份年金，幸而与加莱小姐非常要好，加莱也把她看作朋友，要求母亲留下她做个伴侣，直到她有个归宿为止。加莱比她年轻一岁，长得还要漂亮。我也说不出她身上哪儿有更优雅的气质。她既异常娇媚又发育良好，正处在少女的豆蔻年华。她们温情相爱，如果没有情人来干扰的话，两人都具备的好性格会使这种关系长期维持的。她们对我说要到托纳去，那是属于加莱夫人的一座古城堡。她们恳求我帮着驱马过河，靠她们自己是办不到的。我要用鞭子抽打，但是她们怕马蹶后蹄踢着我，怕马惊跳把自己摔下来。我便采用另一种方法。我抓住加莱的马缰绳，牵了马涉过水深不过膝盖的小溪，另一匹马不难也跟了过来。完事以后，我要向两位小姐行个礼，愣头愣脑地要走了。她俩低声交换几句，德·格拉芬里特对我说："别走，别走，哪能这样就从我们身边溜走啦。您为了帮我们浸湿了身子，从道理上说我们应该负责弄干，请跟我们来吧，我们这下可把您俘虏了。"我心怦怦跳，盯着加莱看。"是呀，是呀，"她接着说，笑我一脸不知所措的表情，"战俘，骑在她的后面。我们要监督您的行动。""但是小姐，我不曾有幸见过令堂。看到我贸然登门她会怎么说呢？"德·格拉芬里特说："她母亲不在托纳，就我们两个人。我们今晚要回来的，您跟我们一起回来好了。"

这几句话在我身上产生的效果比电流还快。我一跃跳上德·格拉芬里特的马背，高兴得全身发颤，为了坐稳不得不搂住她，心跳得那么急，叫她也发觉了。她对我说她怕跌倒，心也跳得一样快，这几乎是在邀请我从我的位置上去证实这件事。我绝不敢，一路上我的双臂权充她的腰带，收得很紧倒是不假，但是一刻也没有挪动过。哪位太太读到这里，乐意打我几下耳光，那也没错。

旅途嬉笑欢乐，少女伶牙俐齿，引得我也谈锋很健。只要我们凑在一起，嘴一刻也没停过。她们不让我感到一点拘束，我的舌头跟我的眼睛同样能说会道，虽然舌头谈的不是一回事。只是有几次，我与其中一位面对面时，说话有点不自在。但是另一位立刻又回来了，不让我们有时间弄清不自在的原因。

到了托纳，待我身上擦干，大家就用早餐。然后着手办大事——准备午餐。这两位小姐一边烧菜，一边不时地亲吻佃户的孩子，我这个可怜的下手压着性子干瞪眼。城里的食品也已送来，做一顿丰盛的午餐绰绰有余，尤其不缺糕点。但是可惜忘了葡萄酒。少女不喝酒有这份忘性也不足为奇。但是我很扫兴，因为巴望能喝上几口壮壮胆。她们也扫兴，可能出于同样原因，但是我不这样想。她们活泼可爱，高高兴兴，说明天真无邪。况且，我夹在她们中间又能做出什么呢？她们差人到附近各处找酒，就是找不到，这个村的农民滴酒不沾，很穷。她们为此对我表示歉意，我对她们说不必这样丧气，她们不用酒就已使我陶醉了。这是我在那天敢于向她们说的唯一的一句殷勤话。但是我相信这两位调皮姑娘看得出，这句殷勤话说的倒是实情。

我们在佃户的厨房里吃午饭，两位朋友坐在长桌两边凳子上，客人坐在她们中间一只三腿圆凳。多妙的午饭！多么令人神往的回忆！付出那么一点代价享受到那么纯洁真心的快乐，还有何求呢？巴黎哪家酒肆菜馆能够让人尝到这样的美餐，我不仅指甜蜜与愉快而言，也指口腹之欲。

午饭后，我们精打细算。早餐剩余的咖啡省下不喝，留着午茶时跟她们带来的奶油和糕点一起享用。为了保持食欲，我们走进果园摘樱桃当甜食吃。我爬上树干，投给她们一串串樱桃，她们隔着树枝还给我一颗颗樱桃核。一次，加莱张开围裙，仰起头候着，我瞄得那么准，一串樱桃恰好扔在她的乳房上，引起大笑。我心里想：为什么我的嘴唇不是樱桃呢？我多么乐意把它扔过去！

那一天就这样无拘无束，也始终规规矩矩地在嬉笑声中度过了。没有一句暧昧的话，没有一个失礼的玩笑，这种规矩绝不是我们强制自己这样做的，而是自然而然的。我们心里怎样想，也就怎样表现。总之，我的谦逊——别人会说是我的愚蠢——仅仅如下而已：我没有控制住的最轻薄的行为不过是吻一次加莱小姐的手。说真的，是当时情景怂恿了这次无伤大雅的宠幸。只有我们两个人，我呼吸困难，她双目低垂。我这张嘴找不到话说，竟然贴上了她的手，她在被吻过以后才慢慢抽回手，望着我，神情一点不恼。我不知道我会跟她说些什么。她的朋友进来了，这一刻她在我眼里显得很丑。

终于，她们想起来不应该到了黑夜才回城。剩下的时间也刚够我们天黑前赶到。我们急忙上路，像来的时候那样分配坐骑。如果我胆子大些会改变位子的，因为加莱那一眼实在叫我动心，可是我什么也不敢说，当然也不该由她建议。归途中我们说这一天不该结束，但是我们也绝不抱怨那天太短，因为我们觉得能用种种游戏把这一天过得充实，我们已经掌握短日子长过的秘密了。

我差不多就在她们遇见我的地方离开她们。分手时多么恋恋不舍！又多么兴致勃勃地相约后会有期！相聚十二小时对我们来说像亲昵了几个世纪。这天的甜蜜往事不用这两位可爱的少女付出代价，我们三人间的温馨情谊不亚于更强烈的欢乐，如果有了那种欢乐，这种情谊就难以存在：我们相爱，不神秘也不羞涩，我们愿意永远如此相爱。风俗中的纯洁性自有它的官能乐趣，不亚于另一种官能乐趣，因为它没有间歇，绵绵不断产生情意。对我来说，我知道这么一个好日子的回忆比生命中得到的任何乐趣更打动我，更迷惑我，更使我缅怀不已。我不清楚我对这两位倩女有什么要求，但是她俩都使我十分关心。我不是说如果由我作主来作安排，我的心对她们会同等对待。我在感情上有点偏爱。德·格拉芬里特做我的情人固然是我的福气，但是我相信我宁可把她作为知心人。不管怎样，我离开她俩时，觉得我少了其中一个就会生活得不痛快。谁能说我一生中再也见不到她们了，我短暂的罗曼史也到此为止了呢？

读者看到这里，必然会讪笑我的风流韵事，经过一番苦心后最大的收获只是吻吻手。啊，我的读者！不要想错了。我在以吻手告终的爱情中，比你在以吻手开始的爱情中，得到的乐趣可能更多。

> 卢梭的经济情况日益恶化，他陪伴德·华伦夫人的贴身女仆拉·梅塞莱到弗里堡，经过尼翁，见到已经再婚的父亲。从弗里堡他沿河的两岸一直走到洛桑。在洛桑，他一心要教音乐，但是他又不懂；要谱曲，但是又不懂作曲；他写了一首曲子，在一次私人音乐会中演出。这件事的失败与可笑使他在洛桑丢人现眼。他离开去纳沙特尔。一路上同行的是一个冒险家，自称是耶路撒冷的修道院院长，为圣墓到处募捐。在索洛尔，法国大使揭露骗子的真面目，把让-雅克置于自己保护下，送他去巴黎当一名家庭教师。

初次见到巴黎和巴黎人

这一路走了两星期，可以算是一生中最幸福的日子了。我年轻、健康，有够用的钱，满怀希望。我旅行，徒步旅行，还是独个儿旅行。还没有机会熟悉我性情的人，必然会奇怪我竟把这也看作是件好事。甜蜜的幻想成了我的旅伴，热烈的想象力从未孕育出更辉煌的幻想。有人请我上车坐个空位子，或在路上跟我攀谈，我会虎起脸，因为我看到步行时建筑起来的幸福大楼坍了下来。这次我是满脑子的戎马生活。我去投靠一位军人，自己也将成为军人。一切都已安排妥当，我要从候补军官做起。我觉得已经看到自己穿上了军服，头插漂亮的白羽毛，一想到这副神气我就踌躇满志。我对几何学和工事防御还懂得一些皮毛，我的一位舅父是工程师，我也可算是将门之子了。我眼力不佳吃些亏，但是这难不倒我。我会依靠沉着、勇敢来弥补这一缺陷。我在书中读到勋堡元帅①眼睛非常近视，为什么卢梭元帅就不可以这样呢？胡思乱想搅得我头脑发热，眼前看到的只是军队、城墙、掩体、炮台，而我在炮火硝烟中手拿望远镜指挥若定。可是当我经过景物宜人的乡野时，看见山林流水时，秀丽的景色又使我喟然叹息。我在春风得意中，还是觉得自己的心经不起那番折腾，立刻不知怎的又回到了我心爱的田园牧场，从此告别了铁马金戈的生涯。

巴黎的市容完全推翻了我对巴黎的想法！我见过都灵，市内墙面装饰精致，街道华美，房屋整齐对称，使我认为巴黎更应该有过之而无不及。我想象中的巴黎既美又大，全城巍峨壮丽，处处是漂亮的道路、金碧辉煌的宫殿。从圣马尔索郊区②进城时，我只看见污秽发臭的小街，丑陋发黑的房屋，一片肮脏贫穷的景象，还有乞丐、拉车夫、缝衣妇、叫卖茶和旧帽子

---

① 弗雷特里克-阿芒·勋堡公爵（1615—1690），法国元帅，南特赦令废除后移居英国。
② 今天的意大利广场。

的女人。这一切那么令我触目惊心，就是后来看到巴黎真正富丽堂皇的情景，也无法消除这最初的印象，心中总存着一种厌恶感，使我不愿住在这座都城内。后来在那里居住这段时期，可以说仅是为了积蓄一笔钱能够到外地生活。这就是想象力过于活跃的结果：夸大他人已虚夸的东西，看见他人所不言的东西。有人对我多次吹嘘巴黎，我心中也把它比作古代的巴比伦。我就是真的见了巴比伦，与我内心的图画相比，恐怕同样要打折扣。到达的第二天我忙着去瞻仰歌剧院，也产生同样的想法，参观凡尔赛宫时也复如此，后来看到大海，依然如此，观看人家向我多次介绍的戏，莫不如此：因为人不可能，大自然也很难在丰富性方面超过我的想象力。

我揣了信去拜访，从那些人接待我的态度来看，我以为交上了好运。人家最殷切推荐我去见的人是德·絮尔贝克先生。他对我最怠慢，他已退出公务，住在巴纽与世无争。我去看过他几次，他从不请我喝一杯水。使馆秘书兼翻译的弟媳德·梅韦耶夫人，还有他那位担任侍卫军官的侄子给我更多的接待。母子两人不但款待好，还留我吃饭，我住巴黎时叨扰过不少次。我看德·梅韦耶夫人从前是位美人：头发乌黑漂亮，老式发鬈盘在两鬓，还保留了令人欢愉的才智，没有与容貌一起消失。我觉得她也欣赏我的才智，尽一切力量帮助我。但是没有人响应她，不久我对他们表面的深切关注再也不寄希望了。可是对法国人还要说句公道话：他们不像人们所说的那样信口许愿，他们许下的诺言差不多都是诚恳的，但是他们这种对你表示关切的态度要比言辞更叫人误解。瑞士人那种不得体的恭维话只骗得了蠢人，法国人的态度就是因为更单纯，也更有迷惑力，往往使人以为他们言犹未尽，好让你更喜出望外。我还要进一步说明，他们感情流露时并不虚伪。他们天性助人为乐，讲究人情，好心好意——不管别人怎么说——比哪一国的人都真实。但是他们轻浮，没有长性。他们向你表示时确实有那种感情，可惜来得容易去得也快。跟你说的时候一心想的是你，你不在眼前也就被抛在脑后。他们心中没有东西可以长留，一切都是瞬间的产物。

戈达尔上校名义上请他当家庭教师，其实要他当侍从。同时卢梭听说德·华伦夫人又走了，决心到里昂去找她。

自巴黎到里昂的旅行

在我忘怀的生活细节中，有一件事最叫我遗憾，那就是没有写旅行日记。我从来没有像单独徒步旅行时那么多思，那么存在，那么生活，那么——要是我敢说——做我自己。走路自有一种东西激发和活跃我的思想。我留在一地不动几乎没法思想，我的身体必须摆动才能提起我的精神。田野的风光，目不暇接的秀丽景色，户外的空气，步行带来的旺盛食欲和饱满精神，小酒店里的自由自在，远离使我感到自己依赖性的一切，使我想起自己地位的一切：这些解放了我的心灵，给我大胆思考的勇气，把我抛入万物的无垠中，任我无拘无束地对它们组合、选择，并据为己有。我主宰着整个大自然，我的心从一物漫游至另一物，遇到默契的便与之交融成为一体，四周环绕的是动人的形象，自身则陶醉在甘美的感情中。为了不使它们消逝，我就在内心随意描述。那时用的笔锋多么刚健，色彩多么鲜艳，语言多么生动！有人说，在我虽是迟暮之年所写的作品中还是可见一斑。啊！更别说我青春年少时多次旅途中草拟、构思，但从没写在纸上的作品！……你会问为什么不写？我要回答你：为什么要写？为什么要破坏我当时的快乐气氛，只是为了向别人诉说我那时很快乐么？当我在空中飞翔时，读者、大家、全世界跟我有什么相干呢？还有我身上带纸带笔了吗？要是我一切想得很周到，那什么也不会来了。我预见不到会有文思！文思不是由我而来的，而是自然而来的。有时点滴不至，有时汹涌而来，我也招架不住它们的数量与力量。一天写十本书也是不够的。哪里去找时间写？到了目的地想的只是饱餐一顿，启程时想的只是一路风顺。我觉得新天堂在门口等我，想的只是去找到它。

这一切我从没像在谈到的那次归程中感到那么真实。到巴黎来时，我只限于思索与此行有关的事，投入将要从事的事业。我颇为荣耀地把它完成了，但是这不是心灵召唤我去干的事业，现实中的人物损害了虚构中的人物。戈达尔上校和他的侄子跟我这样的英雄相比何足道哉。托天之福，我现在终于摆脱了所有障碍，可以随心所欲地钻入幻想，因为在我面前除此以外也别无其他什么了。我在幻想中迷失了方向，好几次竟也真的走上了岔道。如果走直道我也会很生气的，因为到了里昂会觉得跌回尘世，我宁可永远走不到那里。

特别有一天，为了就近观看一块我眼中的胜地，我故意绕道走。我那么欢快，拐了那么多的弯，最后完全辨不清东西南北了。我白走了几个小时，疲劳饥渴，快要死去似的。我走进一个农民家，房屋外表粗陋，但是我看不到附近有其他人家。我以为在日内瓦或瑞士①，不愁衣食的农民都有条件接待过路人。我请这位农民让我付钱吃顿饭。他给我拿来脱脂牛奶和粗麦面包，说他家有什么都在这里了。我端起牛奶喝得津津有味，把面包一扫而光，但是这哪能够一个精疲力竭的男人充饥。这个农民盯着我看，他从我的胃口实况来判断我说的事也不会是假的。他说他看出②我是一位诚实的好青年，不是来这里出卖他的。说过以后立刻打开厨房旁边的一块小活板，走下地窖，不一会儿带上来一块纯小麦做的好面包，一块虽切过但令人开胃的火腿，一瓶葡萄酒，叫我见了这品相比见了什么都开心。此外还添了一盆厚厚的鸡蛋饼。我吃了一顿不是步行者绝对品尝不了其滋味的晚餐。到了付账时，他又不安和害怕起来。他不要我一文钱，惊慌失措地把钱推开。有意思的是，我想不出他怕的是什么。最后他战战兢兢吐出可怕的字眼：税吏和酒耗子。他跟我说把酒藏好是怕征收附加税，把面包藏好是怕交纳人头税。如果叫人看出他不至于饿死，他就会完蛋的。

---

① 1815年前，日内瓦是独立共和国，不属于瑞士。
② 显然那时我还没长成他们后来给我描述的那副尊容。（卢梭原注）

他跟我说的这些话，真是闻所未闻，给我留下的印象再也没有消失。从那时开始在我心里萌生了，后来又发展成难以消除的那种仇恨，去反对穷人遭受的暴政和他们的压迫者。这人虽然已经温饱，却不敢享用自己以血汗得来的面包，要装得跟周围的人一样贫困才能避免破产。我走出他的家，既愤慨又动情，同时为这片肥沃土地的命运叹息，大自然对它的慷慨赐予，仅作了豺狼税吏的猎物。

这次旅途中遇到的事中只有这一件仍记忆犹新。我还记起另一件事，就是快到里昂时我动了心，要多走些路去观看丽尼翁河河岸。因为和父亲一起念的小说中有一本《阿丝特莱》①我还没有忘记，它时时挂在我的心上。我打听去福雷的道路，一位女店主和我闲谈时，告诉我这里是工人谋生的好地方，有许多铁铺，打铁工艺精良。这番赞词一下子使我浪漫的好奇心冷了下来。到铁匠堆里去找典雅娜和希尔万德②，那是找错了地方。这位好心的妇女那么鼓励我，肯定把我当做一名小锁匠了。

　　他在里昂待了四星期。一名僧侣听到他唱歌，雇他誊写乐曲。德·华伦夫人寄钱给他，要他去找她。卢梭又动身了。

---

① 《阿丝特莱》是法国作家奥诺莱·杜尔菲（1567—1625）的田园小说，书中描述了法国弗雷斯的一条小河丽尼翁。
② 《阿丝特莱》一书中的男女主角。

最后一次徒步旅行

我一心一意等着不久与好妈妈重逢，幻想稍有收敛，真正的幸福就在眼前，不必再在虚景中搜寻了。我不但又可以找到她，而且在她身边并通过她找到一个舒适的职位。因为她表示已替我找到了工作，希望它适合我，又不使我远离她。我费尽心思猜测这会是怎样一件工作，其实也仅是猜测而已。我有足够的钱可以消消停停赶路。杜·夏特莱小姐[①]要我骑马，我不能同意。我是对的——我会失去一生中最后一次徒步旅行的乐趣，我不能把后来住在莫蒂埃时到附近走走也称作徒步旅行。

有一件事很奇怪，境遇最不顺心时我的想象力最生动活跃，相反，春风得意时它却死气沉沉。我这不听话的脑袋不能依附于事物。它不会美化，它要的是创造。真正的事物在我脑中充其量保留了原来的色彩。我的头脑只会装饰想象中的事物，我要描写阳春，必须身处严冬；形容美景，必须蛰居斗室。我说过一百次，如果我关在巴士底狱，我就会描绘出自由的宏图。从里昂出发时，我看到的只是一片愉快的前景。我很满意，也确有满意的理由，从巴黎动身时就不是那个样。可是这次旅途不同于上次，一路上我没有痴心妄想。心神怡然，如此而已。我去见最好的女友，怀着激动的心情逐渐接近她，事

---

① 德·华伦夫人的朋友，1731年住里昂修道院。

前已在体会与她一起生活的乐趣，但没有陶醉：因为一直在等待那时刻的到来，仿佛已没有新奇可言了。我担心的是将要做些什么事，仿佛这是非常令人不安的。我的想法平静甜蜜，而不是虚无缥缈、其乐陶陶。一路过来样样景物都看在眼里，我注意风景，留心树木、房屋、河流；在十字路口犹豫不决是怕走错了路，其实一点没错。一句话，我不在九霄云外，我不是在我在的地方，就是在我要去的地方，没多走一步。

此刻说起这些旅行，就像当时走在旅途上那样，我不忙于结束。我走近亲爱的妈妈，心快活得直跳，但并没因此加快脚步。我喜欢走路不慌不忙，想停就停。飘泊无定的生活恰是我需要的生活。逢上好天，在美丽的地方从容不迫地走路，旅程终点有一个愉快的目标。在一切生活方式中这是我最称心如意的方式。而且大家也知道我说美丽的地方指的是什么。平原不管如何美，在我眼里都不算是美丽的地方。我要看的是激流、巉岩、苍松、密林、高山、崎岖曲折的小路、两旁令我心惊胆战的悬崖深谷。我遇到了这样的乐趣，在我走近尚贝里时享受到了它的全部魅力。离开名叫梯子峡的峭壁不远，在夏耶山口开凿的大道底下，一条激流咆哮奔腾在峥嵘的河谷之间，好像用了几千个世纪的时间才把它们打通似的。为了防止不幸，路旁筑了栏杆，这使我能够凝视谷底，头晕目眩。我爱悬崖峭壁是因为它们使我晕头转向。我十分喜爱这样的天旋地转，只要我自己待在安全的地方。我伏在栏杆上，伸出鼻子，站在那里几小时，时而看一眼白色水花与蓝色涧水，听到涛声轰隆，夹杂着乌鸦与鸷鸟的尖叫，它们在百丈深渊下穿梭飞翔于岩石与树木之间。在山坡不陡、杂草不密的地方有一些卵石，我走进去很远，尽我的力气搬些大的，把它们堆列在栏杆上，然后一块块往下扔，望着它们滚动，蹦跳，裂成碎片后跌入谷底，感到十分快活。

更近尚贝里时我看到同样壮观的景色，但是位置恰巧相反。我见到一生中最美的瀑布。道路经过瀑布脚下，山势那么陡峭，水一离崖就飞了出去，形成拱帘往下落，瀑布与山石形成的间隔可容一个人走过去，有时不会沾湿身子。但是不算准距离容易上当，我就是这样，因为水在高处分了几股，泻落时散成蒙蒙细雨，过于凑近这团雾珠，起初察觉不到沾到了水，即刻就会全身淋透。

　　德·华伦夫人告诉他，替他找到了一个土地局的文书工作。让-雅克当上了事务员。

第四章结论

青少年时代这些琐碎小事显然幼稚可笑，我对此感到抱歉：我在某些方面虽生来像个大人，但很长时期内仍是个孩子，在许多其他方面至今还是如此。我没有说过向读者引见一位大人物，但是说过如实描绘自己。为了了解成年时代的我，必须了解青年时代的我。因为一般来说，事物给我的印象不及回忆给我的印象深，我的一切思想都以形象表示的，最初铭印在心中的线条保留了下来，后来添加的线条只是叠印在那些没被抹去的线条上。感情与思想都有某种连续性，先来的影响后来的，必须了解先来的才能好好评判后来的。我竭力到处阐明最初的原因，为了让人感到接下来的后果。我愿意用某种方式使我的灵魂在读者的眼里成为透明的，为了做到这点，我力求从各种角度展示它，用各种光线照亮它，务使读者不漏过灵魂的每个活动，以便他们自己能够判断促成这些活动的起因。

如果我自己作出结论并向读者说：这就是我的性格，他们可能以为我即使不是在骗他们，至少是在骗自己。但是向他们原原本本谈到我的遭遇，我的行为，我的想法，我的感觉，就不可能使读者误解，除非我故意如此；而且即使故意，靠这样做也不容易达到目的。让读者去组合这些素材，去确定他们组合成的这个人，并由他们自己作出结论：如果他们错了，那完全是他们的谬误。因而要达到这个目的，我的叙述单是忠实是不够的，还要翔实。不是由我来评定事实的重要性，我应该说出一切，而由读者费心选择。这正是我直到现在鼓足勇气在做的事，以后也不会稍懈。但是对中年时代的回忆总不及对青少年时代的回忆那么深刻，我一开始就尽量利用青年时代这部分回忆。如果其他回忆在我心中同样深刻，缺乏耐心的读者可能会厌倦，但是我对我的工作不会不满意。写这部书我只怕一件事：不是说得太多或说了假话，而是没有说出一切和隐瞒真情。

第五章

（1732—1736）

学习的幸福

自从我来到尚贝里，直至一七四一年离开去巴黎，在这里开始前后过了八九年。这期间我没有多少事可谈，因为生活既简单又愉快。多年不断的纷扰使我的性格也随之波动，为了性格的定型我最需要的正是这份安宁。正是在这段宝贵的时光里，我那杂乱无系统的教育才逐渐成熟扎实，使我度过等待着我的暴风骤雨，成长为我不断在成长的那个人。这个发展过程是不知不觉的，慢慢的，也很少有值得回忆的事件，但它还是值得注意和探讨。

起初，我差不多只是埋头工作，公务缠身使我无暇他顾。仅有的一点空闲时光是在好妈妈身边度过的，连读书的时间也没有，也就没有非分之想了。但是当工作变成一种常规，不用花费多少心思的时候，心又不安了。读书再度成为我的需要，仿佛这种兴趣总是因为难于满足而强烈起来。它便会变成一种热情，就像当年在师傅家 ① 一样，如果其他兴趣不横插进来使

---

① 指在雕刻师杜高蒙家。

它转移的话。

我的运算工作虽然不需要高深的算术，有时还是难得我毫无办法。为了克服困难我买了几本算术书。我学得不错，因为是一人自学。在进行精确计算时，实用算术涉及的范围比想象的要广。有的算法十分繁复，我几次看到一些优秀的测量员也算到中间迷糊了。思考与实践结合使思路清晰，于是寻求简易的方法，方法的发明使自尊心得到满足，方法的准确又使智慧感到满意，一件本身不讨好的工作可以做来兴意盎然。我钻研很深，凭数字可以解决的问题难不倒我了。而今从前知道的东西每天从记忆中消失，唯独这门学问虽荒废了三十年，依然还记得一二。几天以前，我去达文波特做客，在主人家里帮助他的孩子做算术练习，我把一道十分复杂的运算正确无误地做了出来，说不出地愉快。在得出这些数字时，我好像还在尚贝里过我的好日子。这是个漫长的归程。

测量员绘制图上的色彩也使我对绘画产生了兴趣。我买来几罐颜料，开始画花卉和风景。可惜发现自己对这门艺术缺乏天赋。我全心全意扑在上面，会在画笔、铅笔之间过上几个月不出门。这份工作实在太吸引我了，人家不得不逼我放下。不论什么爱好我只要开始投入就无不如此。兴趣增加变成了热情，不久除了我手中忙着的有趣的工作以外，世上一切都不在我眼里。年龄没有治愈，甚至没有减轻我这个毛病。此刻写这些话时，我已是个老糊涂了，还热衷于另一门无用、我又一窍不通的学科①。而那些自青年时代就从事这项工作的人，在我要开始做的这个年纪都已放弃不干了。

在那时候，要研究这门学问倒是现成的。机会很好，我也有意利用。阿内特②带了新的花草回来，我看见他眼里闪烁喜悦的光芒，好几次差点要跟他一起去采集。现在我几乎肯定，我只消去上一次必定会被迷住的，今天我就可能是个伟大的植物学家了，因为我认为世界上没有哪个学科比研究植物更适合我的天性。在乡下度过的十年生活也可说是一个连续的采集活动，然而说真的，没有目的，也没有进步。当时对植物学毫不了解，还抱着一种轻蔑甚至厌恶的心理——把它看作药剂师的学科。妈妈喜欢它，但也没有当作别的用途，只注意那些常用的草药配制她的药品。因而植物学、化学、解剖学在我的头脑里乱成一团，通称为医学，只是作为我在白天调侃的笑料，并不时招来几记小小的耳刮子。然而，另一个不同甚至相反的兴趣迅速增长，不久压倒了其他一切。我说的是音乐。我一定是为这门艺术而生的，既然我从童年起就爱上它了，也是任何时期唯一心爱不渝的艺术。令人惊奇的是我为之而生的这门艺术，学起来却那么困难，进展那么缓慢，尽毕生的心力后拿起乐谱，还是没把握把它唱出来。学音乐尤令我愉快的是可和妈妈一起学。虽然我们的爱好很不相同，但音乐是我们之间的纽带，我很乐意利用，她也不推诿。我那时几乎和她一样的程

---

① 指植物学，卢梭居住莫蒂埃-特拉韦尔和圣彼得岛时，开始对它产生兴趣。
② 德·华伦夫人的管家。

度：练上两三回，我们共同就可把一首曲子唱了出来。有时看到她在炉子四周忙碌，我就对她说："妈妈，这里有一首动人的二重唱，我看您听了会把药煮煳的。""啊！说真的，"她对我说，"要是你叫我把药煮煳了，我就让你吃下去。"我一边和她斗嘴一边拉她到钢琴边，我俩忘了一切！杜松子或苦艾的液汁都成了焦化物，她抓了往我脸上抹，这一切其乐无穷。

德·华伦夫人在她的管家兼情人克洛德·阿内特的怂恿下，租了一座花园。卢梭在那里享受到了在女保护人家里缺少的那种孤独。可是战争震撼着欧洲。

卢梭和法国

工作、娱乐、学习，把我的生活安排得非常安逸，欧洲却没有我那样平静。法国和皇帝不久前相互宣战①，撒丁国王也参加了争吵，法国军队挺进到皮埃蒙特，要深入米兰国②。有一支纵队经过尚贝里，其中有香槟兵团，德·拉·特利姆耶公爵是兵团上校，有人介绍我去见他，他答应我许多事，但后来他肯定从未再想起过我。我们的小花园恰好在郊区高处军队通过的地方，因而我去看他们行军大饱眼福。我对这场战争的成败很激动，仿佛它与我关系密切。在这以前我还没想过去关心公共事务。我开始读通报，这是平生第一次，但是我对法国那么

---

① 指波兰王位继承权争夺战，爆发于 1733 年 10 月。撒丁王国于同年 10 月 27 日站在法国方面参战。皇帝指德意志神圣罗马帝国皇帝查理六世（公元 1685—公元 1740）。

② 为意大利一个小公国，16 世纪普属法国。首都为米兰。

偏心，它占上风，我的心喜欢得直跳，它遭到挫折，我会像自己遇到挫折那样沮丧。这种痴情若是一时的，我就不屑去谈论了，但是它毫无理由地深深扎根在我的心中。日后我在巴黎成了反对暴政的自豪的共和派，对这个我认为奴性十足的国家，对这个我猛烈抨击的政府，还是不由自主地暗暗产生偏爱。好笑的是这种倾向与我的信念完全背道而驰，我也难为情得不敢承认。我表面上对着法国人嘲弄他们的失败，心里却比他们更痛苦。生活在一个待他厚道、受他崇拜的国家，却又对这个国家装出一副蔑视的神气，这样的人肯定只有我一个。总之，这种倾向在我是无私的、强烈的、一贯的、不可克服的。就是在我逃离王国后①，政府、官员、作家竞相对我进行疯狂的攻击后，对我的诬蔑与诽谤已成为一种时髦后，我还是不能摆脱这种痴情。我不由自主地爱他们，尽管他们虐待我。还在英国接连胜利的时节，我就预言过英国会没落，而今我已看到它没落的开始。我也让自己抱着疯狂的希望，希望法国反败为胜，可能有朝一日会来把我救出可悲的牢笼②。

　　我长期寻找这种偏爱的根源，只是在这种偏爱产生的时候才把它找到了。对文学与日俱增的爱好使我对法国的书、对这些书的作者、对这些作者的国家产生了感情。就在法国军队在我眼前列队前进时，我正在阅读布朗多姆的名将传记③。我满

---

① 1762年，法国查禁卢梭的小说《爱弥儿》，并下令逮捕作者。卢梭逃亡瑞士。
② 文章写于1766年，当时卢梭寄居英国伍顿。
③ 比埃尔·德·布尔台依（1540—1614），布朗多姆领主，法国作家，著有《法国名人名将传》《名媛传》《艳妇传》。

脑子装的是克利松、贝亚尔、罗特莱克、哥里尼、蒙莫朗西、拉·特利姆耶等人物。我爱上他们的后裔，仿佛这些后裔是祖先的品德与勇敢的继承人。每个联队经过时，我以为又见到了这些在比埃蒙特立下赫赫战功的著名的黑旗军①。总之，我把看书中形成的观念安在看到的现实上，我不断地阅读同一个国家的书籍，培养了我对这个国家的感情，最后这种感情变成一种盲目的热情，任何事物都不能把它消除。后来我在旅行中有机会注意到，这种印象不是我独有的，它或多或少影响了每个国家内喜欢阅读和扶持文艺的那部分人，这也就抵消了法国由于自高自大的神气而引起的普遍憎恨。小说比男人更使各国妇女钟情于法国人，他们的名剧使青年爱上了他们的剧场。巴黎剧院的名声吸引了大批外国人，他们从中出来时兴奋不已。最后，法国文学的优美情趣还使一切有情趣的才子自愧弗如。在这场结局对法国人如此不幸的战争中，我看到的是他们的作家和哲学家，支持着被他们的军人玷污了的法国荣誉。

我确实是个热烈的法国人，因此也成了一名探子，随着一群闲人到广场上等待信使。我简直比寓言中的驴子还笨，焦躁不安地想知道我有幸背上哪位主人的坐鞍②。因为那时传说我们会属于法国，他们用萨瓦交换米兰。然而必须承认我有若干担心的理由：这场战争若对同盟国不利，妈妈的年金就会保不住。

---

① 德国人组成的军队，协助法国在意大利作战，帕维亚一役中伤亡惨重。
② 指拉封丹《寓言集》第六卷第八篇《老人和驴子》。

但是我对好朋友们充满了信任，眼下尽管德·布罗格里先生遭到袭击 ①，这个信任也没有落空，都有赖于撒丁国王，对他我倒没有想到。

卢梭开始学习音乐，促使德·华伦夫人允许他放弃土地局工作，去教唱歌。他向贵族和资产阶级少女少妇教歌，与她们保持纯洁的情谊，他提起她们总是一往情深。德·华伦夫人认为是把让-雅克看作成年人的时候了，遂委身于他。卢梭与克洛德·阿内特分享这份恋情，不但不感到痛苦，反而对这个暧昧、短暂的处境感到很惬意。

三个人的幸福

这样，我们三个人之间建立了一种交往关系，在这个世界上恐怕找不出第二个例子。我们的愿望、我们的关注、我们的心灵，都是共同的。什么都越不出这个小圈子。共同的、封闭的生活习惯变得那么强烈，以致我们在餐桌上若少了一个人或多了一个外人，会打乱一切。尽管我们的特殊关系，两个人相会对我们却不及三个人相聚那么亲切。我们之间不知拘谨，是因为彼此极端信任；我们之间不产生厌烦，是因为三个人都有事情要忙。妈妈总是计划不断，忙碌不停，从不让我们两人闲着。而我们各人原来时间就是排满的。以我来说，悠闲无事对

---

① 弗朗索瓦·玛丽·德·布罗格里（1671—1745），法国元帅，1734 年在军营睡觉时受帝国军袭击，差点被俘。

交往的祸害不亚于对独处的祸害。终日面对面关在房里，全部工作就是不停地说长道短，这比什么都会使思想萎缩，比什么都容易使人无中生有，挑拨离间，多是非，说假话。大家都忙的时候，只是有话要说才开口；但是人在没事干的时候，就绝对需要说个不停，这是一切讨厌事中最烦人、最危险的讨厌事。我还敢进一步说明，我相信为了使小圈子真正和睦，不但每人都要有事做，而且还要做用心思的事。编花结，那等于不干事。给一个编花结的女子解闷，跟给一个双臂交叉的女子解闷，需要费同样的心思。但是刺绣则是另一回事。刺绣女子忙得可以，留不出说话的空儿。令人吃惊可笑的是在这时候看到十来个傻大个儿站起坐下，去了又来，脚后跟打转，把炉台上的瓷娃娃两百遍地转过来转过去，把心神耗费在滔滔不绝的闲扯上，真是美妙的工作！这样的人不论做什么，总让人受累，自己也受累。在莫蒂埃时，我到邻居家编绦带；我要出入社交场合，就在口袋里放一个小转球，整日转动，为了在没话说时不用说话。如果人人这样做，人的心眼就不会那么坏，与他们交往也会更可靠，我想也会更愉快。总之，谁爱笑话就让他笑话吧，但是我坚持认为我们这一世纪唯一够得上的道德，也只是小转球的道德。

唉！克洛德·阿内特神秘地死去，不能排斥自杀的假定，虽然卢梭不接受这种看法。让-雅克于是代理管家，忙于清理德·华伦夫人杂乱无章的家政。他的种种努力都归于失败后，决定准备负担他的保护人的生计。为了学习作曲，当一名杰出的演奏家，他到贝桑松去上课。不幸他的行装在边境被扣。他失去财物后不得不回到尚贝里，继续学习音乐。两三年的时间就这样过去，他从事多项工作，以致积劳成疾。

生病

健康恶化影响到了我的情绪，控制了我想入非非的热情。我感到体力衰退，变得更安静，旅行狂热也有所收敛。我很少出门，袭上心头的不是厌烦，而是忧郁；病恹接着热情而来，慵困变成了悲哀；我会无缘无故落眼泪叹气；还没享受人生已感到来日无多；想到可怜的妈妈在我身后的处境，看到她即将一蹶不振，就唏嘘不已。可以说我唯一的遗憾是离开她，抛下她生活凄凉。终于我完全病倒了。她照料我胜过母亲照料孩子，这对她本人也有好处，可把计划搁置一边，把献计献策的人打发走。那会是多么平静的死，如果死在那时来临！恬静的灵魂安然离去，而不痛切感到那种对生对死都是毒害的人间不平。我安慰自己可以在我更好的那一半①中继续生存，这不算是死亡。我若不用担忧她的命运，死对我就像是安然入睡。就是这些忧虑吧，有了一个温柔多情的对象，痛苦也得到了减轻。我对她说："您成了我的心灵的受委托人，您要使它幸福啊。"有两三次病得最厉害时，我竟然在半夜起床，拖着身子

———————————

① 法国人把配偶俗称为"我的另一半"。

走进她的房里，嘱咐她要小心行事，我敢说我的嘱咐有情有理，但是其中我对她命运的关切超过其他事。仿佛泪水是我的养料与药物。我坐在她的床上，在她身边，与她一起，手握手时洒落的泪水增强了我的体魄。时间在夜谈中逝去。我回房要比离房时精神好。她对我许下的诺言，让我抱有的希望，叫我满意和安静下来，这时我带着良心的平安与对上帝的依顺而睡去。我有过那么多叫我痛恨人生的遭遇，经历过那么多使我的一生流离颠沛，把我的生命变成重担的风暴，迟早会把生命结束的死亡——愿上帝成全我——在那时到来，对我来说都不是残酷的。

她百般照顾，细心看护，不辞难以置信的劳苦，使我起死回生。肯定也只有她一人能够救我。我对医生的药半信半疑，对真正朋友的药则深信不疑。与我们的幸福休戚相关的事物总比其他一切灵验。如果人生中有一种真情柔意，那就是我们两人相依为命时感到的那种。我们彼此并不进一步密切，这是办不到的了。但是正因为它质朴单纯，自有一种我说不出的亲切感人。我完全成了她的作品，完全成了她的孩子，她即使是我的亲妈妈，我也不过如此。我们不用去想，已开始谁也离不了谁，我们的生活可说是糅合在一起了。我们觉得不但相互需要，而且相互满足，也就习惯了对身外的一切不思不想，把我们的幸福和一切欲望绝对限制在这种相互占有中，这在人世间可能也是独一无二的！它绝不是爱的占有，就像我说过的，而是更本质的占有，不系念于感觉、性别、年龄、外貌，而系念于人所以成为人，人不存在才会失去的这一切。

这次可贵的危机没有给她的余生和我的今后带来幸福，问题出在哪儿呢？这不在于我，我可以提供令人宽慰的证据。这也不在于她，至少不在于她的意愿。这是天意，不久不可战胜的天性又占了上风。但是不可避免的回头路不是一下子走完的。叨天之幸，有一段间歇，短暂而宝贵的间歇，不是因我的错而结束的，我也不怪自己没有很好地珍惜！

他们两人决定离开城市，经过一番寻找，他们在尚贝里城门口找到一幢乡村房屋，有个诱人的名字：秀美园。这是人间天堂！

第六章

（1737—1740）

我的愿望：一块不大的领地，

里面一座花园，宅旁一口水井，

后面一片小树林 ①……

秀美园的短暂幸福

我不能再加上说：神给我的还不止这些。但是不必了，我不要求其他，甚至产权也不要求，我能享用就够了。很久以前我说过，也感觉到，产业主与占有者往往是两种非常不同的人，甚至谈不上丈夫与情人的关系。

在这里开始了我一生中短暂的幸福，在这里迎来了平静但是瞬息即逝的时光，这些时光使我有权说此生没有虚度。宝贵和令人留恋的时光啊！请为我重新开始你那可爱的历程，请在我的记忆中慢慢流转，可能的话，不要像在实际中那样瞬息即逝。怎样才能随我的心意延长这段那么动人、那么单纯的叙说，才能永远复述那些同样的事，来来回回说这些我不厌其烦

---

① 罗马诗人贺拉斯的诗（《讽刺诗集》第二卷第六篇）。

地说了又说的事，而又不叫读者厌烦呢？如果这些都不过是些事实、行动和话，我可以描述它们，用某种方法表达它们，但还有那些没说、没做甚至没想，而只是体会、只是感觉的事，除了这一份感觉以外又提不出幸福的实物时，那又怎样去写呢？我日出而起，我幸福；我散步，我幸福；我看见妈妈，我幸福；我离开她，我幸福；我穿山越岭，漫步山谷，阅读，自由自在；我在花园干活，采摘水果，帮做家务，幸福到处伴随着我。幸福不存在于明确的一事一物中，幸福完全在我心中，一刻也不离开我。

我在这段珍贵的时期内遭遇的一切，在这全过程中所做、所说、所想的一切，无一不在我的记忆中留着。在这以前和以后的时光断断续续浮现脑际，想起来既不一致又凌乱不齐，但是那段时光我记起来却是完整无缺的，仿佛它还在持续。年轻时我的想象总是瞻望未来，现在则是回顾从前，通过这些甜蜜的回忆弥补了永远失去的希望。我看不到未来有什么向往，只有追溯往事才怡然自得。我对我谈的那个时期的回忆那么生动，那么真实，常使我虽身遭不幸还依然幸福生活。

我只举出这些往事中的一个例子，可以看出它们的力量与真实。第一天去秀美园过夜，妈妈坐轿子，我跟着步行。走的是上坡路，她体重不轻，怕轿夫累，半途要下轿，其余路程走着去的。路上她看到篱笆里有什么发青的东西，对我说："瞧，那里还开着常春花呢。"我从没见过常春花，也没弯下腰观看。我眼睛太近视，站着看不清地上的花草。我只是一边走一边随便看一眼。快三十年过去了，我也没再见过或注意过常春花。一七六四年，我和朋友杜·佩隆先生在克雷西埃登上一座小山，他在山顶有一间美丽的小屋，很有理由把它取名为"美景阁"。我采集标本，边往上走边往树丛中张望，我一声欢叫："啊！那不是常春花么！"确是常春花。杜·佩隆看出我激动，但不知原因。我希望有一天他读了这段文章，就会明白了。读者可从这么一件小事的印象，不难看出与那个时期有关的一切给我留下多么深刻的印象。

> 他的健康没有恢复。一天早晨，他一阵昏眩，两耳失聪，躺在床上像要死去的样子。这次发病永远影响到他的健康，然而也给他带来了好事。

德·华伦夫人的宗教

这次犯病应该毁掉我的肉体，但只是毁掉我的热情。为了它在我的灵魂上产生的良好效果，我天天感谢上帝。可以说我只是看出自己必死无疑时才开始了生活。我对将要离开的事给予真正的评价，同时开始把心思用在更高尚的事，就像去准备我不久应该完成而直到那时还一直漫不经心的事。我常以自己的方式去歪曲宗教，但从来不是完全没有宗教信仰。回到那个题目不用我付出许多代价。这个题目对于许多人那么悲惨，但是对于把宗教作为安慰与希望的人又是那么甜蜜。在那个时机，妈妈对我比所有的神学家都有用。

她对任何事物都有一套看法，对宗教也不例外。这套看法由五花八门的观念（有的十分有理，有的十分荒谬）、性格形成的见解、教育得来的成见组成的。一般说来，信徒本人如何，把上帝也说成如何；好人看上帝是好的，坏人看上帝是坏的；心怀怨恨的善男信女看到的只是地狱，因为他们愿意每个人关进去不得超生，善良温柔的灵魂对此不大相信。我惊异的一件事是看到好心的费奈隆①在《丹莱马克》一书中谈到了地狱，他仿佛对此深信不疑。但是我希望他那时在撒谎！因为说到头，一个人不管说话如何老实，当主教有时难免要说谎。妈妈对我不说假话。她这颗不带怨恨的灵魂，不能想象上帝是一位复仇心重、时时发脾气的神，看到的总是宽恕与慈悲，而善男信女看到的只是公正与惩罚。她常说，对我们自己公正，其实不是上帝的公正，因为上帝没有给我们做人公正的条件，这岂不是在向我们要求他没给我们的东西。还有奇怪的是她不信地狱，却信炼狱。这是因为她不知道把那些坏人的灵魂该怎么办，既不能把他们罚入地狱，又不能在弃邪归正以前把他们跟好人放在一起。必须承认，在这个世界上与在另一个世界上，坏人确实总是叫人难办。

还有一件怪事。人们看到，原罪与赎罪的全部学说都被这套看法推翻，平民基督教的基础也因此动摇，天主教教义至少不能存在。妈妈是个或者自称是个好天主教徒，她在自称是个

---

① 费奈隆（1651—1715），法国主教、作家，新天主教教派的领袖，一位温和、讲究人情的良心导师。入宫后当勃艮第公爵的家庭教师，为他写了《丹莱马克》这部思想道德书。

好教徒时肯定也是诚心诚意的。在她看来，人们对《圣经》的解释过于扣字眼，过于刻板。《圣经》中有关永恒苦难的说法，她认为是起一种警戒或寓意的作用。耶稣基督之死，在她看来是真正的神圣爱的榜样，教导人们要爱上帝，同样要相互爱。一句话，因为忠于所信奉的宗教，她虔诚地承认全部教义。但是与她一条条进行讨论就可看出，尽管她遵奉不渝，她的信仰和教会的信仰实在不一样。

在这个问题上她心地纯朴，坦诚雄辩，胜过那些似是而非的推理，时常把她的忏悔师难倒，因为她什么都不向他隐瞒的。"我是一个好天主教徒，"她对他说，"我愿意永远是一个好天主教徒；我以灵魂的全部力量接受圣母教会的决定。我支配不了我的信仰，但是支配得了我的意志。我毫无保留地奉献我的意志，我一切都愿相信。您还要求我什么呢？"

我相信就是不存在基督教道德，她也会遵奉的，因为这道德完全适合她的性格。她执行教会规定的一切，就是没有规定的事她也照样执行。在任何事情上她都喜欢服从，要是不允许甚至禁止她开斋，就是剩了上帝与她，她也是不会开斋的，绝对不需要想到还是小心为妙。

卢梭得到这种心平气和的宗教的开导，对施教的人更加眷恋。乡村生活帮助他恢复健康，"再好也不过如此了"。冬天他们又回到尚贝里。卢梭一直以为自己不久于人世，利用最后的日子读书。可是他喜悦地见到春回大地，可以前往秀美园。他带去了几本书，由于没有体力从事"田园工作"，在闲游、沉思、阅读中消磨岁月。

秀美园的一天

每天早晨，我日出以前起床，穿过邻居的果园，走进葡萄园上面一条非常美丽的小道，沿着山坡直至尚贝里。我一边走一边祈祷，这不是嘴上随便咕唧几句，而是一颗心真诚地向着可爱的大自然的创造主升去，大自然的千娇百媚就在我的眼前。我从来不爱在房间里祈祷。我觉得墙壁和所有人造的小物件把上帝与我隔开。我喜欢在上帝的创造物中间默念，同时心向着上帝升去。我可以说我的祈祷是纯洁的，因而也是可以实现的。我只是为我，为我在祝福中从不与自己分开的那个女人，要求一个清白安静的生活，没有邪恶，没有痛苦，没有穷困，在未来像正直的人那样去生，像正直的人那样去死。而且在这类祝福中赞美与憧憬更多于要求，我知道在真正好事的施予者面前，要得到我们必需的好事的最佳方法，不是去要求，而是要配得上。散步回来时我绕了个很大的圈子，乐陶陶、懒洋洋地注视四周田野的景物，我的眼睛与心对它们才是永远不会厌倦的。我远远张望着妈妈的房间有没有亮光，看到遮板窗开着，心头一喜便奔了过去。如果关着，我就走进花园等待她醒来，同时温习前一天学的东西或者摆弄花草消遣。遮板窗在开启时，我到她的床前去拥抱她，时常她还半睡半醒的。这种拥抱既纯洁又温柔，无邪中更有一番情趣，毫不掺入官能的欲念。

早餐时我们通常喝牛奶咖啡。一天中这个时刻最为清静，交谈也最从容。这段时间往往不短，由此引起我对早餐的强烈兴趣。我喜爱英国与瑞士的习惯，远远超过法国的习惯。在英国与瑞士，早餐是一顿真正的用餐，大家聚在一起；在法国，每人在自己房里吃早餐，常常还什么都不吃。闲谈一两小时后，我看书一直到吃午饭，我从哲学书着手，如《王家码头逻辑书》①、洛克《论文集》②、马勒伯朗士③、莱布尼茨④、笛卡尔⑤等。不久发现这些作家之间几乎矛盾不断。我订出一个想入非非的计划，要统一他们的观点，为此弄得疲惫不堪，浪费了许多时间。我头昏脑涨，毫无进展。终于放弃了这种方法，采纳了另一种好得多的方法。尽管我能力有限，我把获得的进步完全归功于这种方法。有一点是肯定的，搞研究不是我的特长。读一位作者的作品时，我立下规则要把他的思想全部照录不误，决不夹带自己和别人的观点，也不与他争辩。我这样想，首先把自己作为思想仓库，把对的与错的兼收并蓄，但要明确无误，等到头脑装得相当满，再作比较和选择。这种方法不是没有缺陷的，我知道，但是它使我达到增长知识的目的。完完全全按照他人的意思去想问题，可以说自己不思考也不推理，这样做

---

① 王家码头修道院创建于13世纪，16世纪时为法国学术中心之一。《王家码头逻辑书》，或称《思想的艺术》，系法国作家阿尔诺和尼古拉所著，出版于1662年。
② 约翰·洛克（1630—1704），英国哲学家。
③ 尼古拉·德·马勒伯朗士（1638—1715），法国哲学家，笛卡尔的弟子，著有《真理的探索》。
④ 莱布尼茨（1646—1716），德国哲学家、数学家。
⑤ 笛卡尔（1596—1650），法国哲学家、数学家。

了几年我就积累了相当丰富的知识，足够我独立思考而不须求助于人了。当旅行和事务使我无法查询书本时，我很高兴去复习和比较读过的内容，用理智的天平掂量每件事物，有时还对我的师长评论一番。我的判断能力虽然很晚才开始运用，我还没有发现它已失去活力。当我发表自己的见解时，没有人指责我是盲从的门徒和在拾人牙慧。

后来我转学初等几何，但一直学得不深，因为执意要克服健忘症，千百遍地来回重复，把同一步骤不断地学了又学。我不欣赏欧几里得的方法，他寻求论证的连贯，而不是概念的联系；我更喜欢拉密①的几何学，从那以后他成为我最喜爱的作家之一，至今重读他的作品还是饶有兴趣。接着学的是代数，同样以拉密神父为导师。有了进展后再读雷依诺②的《计算科学》，然后是他的《直观分析》，那本书我只是随手翻阅。我还没有深入到理解代数在几何上应用的程度。我不喜欢这种不看到图形的运算方法，觉得用方程式解一道几何题，就像转动手柄在演奏曲子。当我第一次算出二项式的平方等于二项式各项的平方与两项乘积的两倍之和时，尽管乘算正确无误，也要等到画出图形才肯相信。这不是因为我光想到代数里的抽象量就对代数不感兴趣了，而是在计算面积时，我要看到图形才能运算，否则就会觉得无从下手。

---

① 贝尔纳·拉密（1640—1715），法国冉逊尼派学者，他被圣勃夫柏甫推崇为王家码头派最杰出的学者之一。著有《科学讲话》《几何学要素》。
② 夏尔·雷依诺（1656—1728），法国哲学家、数学家。

接着又学拉丁文。这是我最艰难的学习，从来没有有过显著的进步。首先采用王家码头的拉丁文法，但毫无成效。这些拙劣的诗句 ① 我看了心烦，根本听不进去。在一大堆语法规则中迷了路，学了后条忘前条。语言学习决不适合一个没有记性的人，但恰是为了强迫恢复记忆力，我才钻研这门学问的。最后不得不放弃。对语句结构我还懂，借助词典可以阅读浅易的著作。我走的是这条途径，自觉不错。我专攻翻译，但不是笔译，而是心译，仅此而已。经过长期练习，我能顺畅地阅读拉丁语著作，但终没有能用这种文字谈话和书写。后来我不知如何混迹在文人堆里，这种情况常把我置于难堪的境地。另一个缺陷也是由这种学习方法带来的，我从来不懂韵律，更不懂作诗规则。不过我渴望领会诗与散文中的和谐美，曾尽了极大的努力要做到这点。但是我确信无师难以自通。诗体中最简易的是六音节诗，我学过这类诗的作法后，便耐心地把维吉尔的诗篇差不多全部圈点了一遍，标出音步和数量。后来摸不准一个音节是长是短时，我就查阅我的维吉尔诗集。人们可以感到这使我犯了许多错误，因为作诗规则允许有变体。自学虽说有它的好处，但也有很多不便，尤其是令人难信的艰苦。个中滋味我比谁都清楚。

中午前我放下书本，午饭若还没有准备好，我就去拜访我的鸽子朋友，或者到花园一边候着时间一边干点活儿。

---

① 便于记忆，王家码头拉丁文法书用拉丁诗体写成。

　　我听到有人叫唤便跑了过去，非常兴奋，胃口大开。有一件事也要提一提，就是不管我的病情如何，食欲始终不减。我们午餐时非常愉快，在等待妈妈能够吃以前谈我们的事务。一周中有两三次，天气好的时候，我们到屋子后面花亭里饮咖啡。亭内凉爽，花草茂盛，我还栽了一些忽布藤，大热天在这里十分舒服。我们在那里过上一小时，观看我们的蔬菜、花卉，谈论我们的生活，这些话使我们更好地体验生活乐趣。在花园尽头我另有一个小家庭，那就是蜜蜂。我，经常是妈妈和我一起，很少错过拜访它们的机会！我对它们的劳作很感兴趣。看到它们吮蜜后往回飞，小尾巴有时鼓鼓的，连走动也难，我无限高兴。最初几天，我好奇心太重，行动不慎被它们刺了两三次，后来我们相互熟识了，不管我走得多么近，它们都不阻挡我；不论快要分群的蜂窝有多么满，我有时被全身包围，手上脸上都有蜜蜂，绝没有一只会来蜇我的。所有的动物对人都存戒心，这不错；但是它们一旦看准人不会伤害它们，它们对人就充满信任，糟蹋这份信任的则连野蛮人也不如。

　　我再回到我的书本，但是下午活动与其说是工作，不如说是休息与娱乐更恰当。午饭后再在书房里用功我受不了，通常白天炎热，干什么都叫我费劲。我还是读书，但不勉强，几乎没有规则，也不作研究。我读历史和地理最有恒心，因为这不需要专心致志，我那极差的记忆力让我记住多少，就算收获多少。我愿意研究佩托①，钻到遥远的年代里，但是过厌信口开河

---

① 德尼·佩托（1583—1652），法国耶稣会会士、神学家。

的批评部分，却特别喜欢准确计算时间和天体运行部分。若有仪器，我会对天文学发生兴趣。但是我只能满足于在书本中学些皮毛，用一架望远镜作些粗略的观察，稍微了解天空的一般情况，因为我近视，肉眼辨不清星辰。

没有田园工作要我忙时，秀美园的生活大致如此。可是田间劳动总占优先，体力可以胜任的工作，我总干得像个农民，但是我极度衰弱，这件事上实在力不从心。再说我要同时做两件事，反而连一件也做不好。我一心要用强记法增强记忆力，执意要多背诵。为此我随身带一本书，一边劳动一边复习，艰辛程度令人难以相信。我顽固地进行这些无效、不停顿的努力，居然没使自己成为笨蛋。我必须把一字不懂的维吉尔牧歌背上一遍、两遍、二十遍。我习惯到哪儿都带上书，鸽棚、花园、果园、葡萄园，数不尽的书给我丢了或配不成套。要做其他事，就把书在树下或篱笆上一放，到处忘了取回来。经常两周后再找到时，不是烂了就是被蚂蚁、蜗牛啃坏了。这种读书的热望成了怪癖，使我像个傻大哥，不管有多忙，嘴里总是不停地念念有词。

阅读冉逊尼派的作品，使他心中产生周期性疑虑，德·华伦夫人用尽心计去消除。

宗教的疑虑

我想知道在其他人心中，有时会不会产生类似我心中有时产生的幼稚想法。我潜心读书，过着一种再也清白不过的生活时，不管人家对我如何说，地狱的恐惧还是叫我发慌。我常想："我处在什么情况？要是此刻死去会罚入地狱吗？"根据我的冉逊尼神父的说法，这件事是不容置疑的，但是根据我的良心，觉得不是不容置疑的。我终日惶恐不安，在这种痛苦的猜疑中动摇不定，为了求得摆脱，竟采用最可笑的方法，如果看到别人这样在做，我很乐意把他关押起来。一天，我一边想着这个悲哀的题目，一边机械地对着树干练习扔石头，技巧跟平时一样，也就是说几乎一块也没扔中。练到中途，我转念要以此占卜，消除疑虑。我对自己说："我用这块石头朝我对面的那棵树上扔，要是扔着，我上天堂；扔不着，我入地狱。"嘴这样说，手直发抖，心跳得厉害，把石头扔了出去，侥幸之至，正打在树干中央。这本来不难，因为我特意选了很粗很近的一棵树。从那以后，再也不怀疑我的灵魂可以得救了。我不知提起这件事是该笑还是该为自己叹息。你们这些大人物肯定会笑，那就笑个痛快吧。但是不要嘲弄我的苦恼，我向你们发誓，我也是感觉到自己的苦恼的。

然而，这些可能与虔诚分不开的不安与恐惧，不是自始至终存在的。平时我很镇静，想到死亡将至，这对我心灵的影响，与其说是悲伤，不如说是平静的慵懒，自有它的意趣。不久前我在旧纸堆里找到一篇我的自勉文章。文章内预祝自己要在精神与肉体尚未遭受重大痛苦，还有相当勇气面对死亡的年纪死去。我说得多么有道理！一种预感使我害怕活着受罪。我好像已预见到厄运在等待着我的晚年。我从来没有像在那个幸福时期那样接近明智。回顾过去不必悔恨，瞻望未来也不用忧虑，占据我心灵的感情一直是享受现在。信教的人通常都有一种不大但是强烈的肉欲，使他们津津有味地体验允准的清白乐趣。世俗的人认为他们这是在犯罪，我不明白这是为什么，也可说很明白这是为什么——这是因为他们嫉妒别人还在享受他们已失去兴趣的质朴的乐趣。我有过这种乐趣，并认为于心无愧地满足这种乐趣是很有意思的。我的心尚未涉世，怀着儿童般的喜悦，甚至也敢说怀着天使般的肉欲去投入这一切。因为这类宁静的享受像天堂的享受那么明净。在蒙达尼奥尔草地午餐，凉亭夜宴，采瓜果，摘葡萄，与仆人一起在灯下剥麻，这些对我都是一个个节日，妈妈得到的乐趣也不亚于我。

　　卢梭去日内瓦领取归他的那份母亲遗产。他的健康日趋恶化。他因略有一点医学知识，对自己的病情提出种种极度不安的猜疑。最后他认定了自己的诊断：他心上长了息肉。在蒙彼利埃，传说有一位医生曾治愈过同样的病例。德·华伦夫人鼓励他去那里走一趟。他又踏上旅途，但是这次是乘驿车去的。路上他心血来潮冒充英国人。他与一位美丽的旅伴德·拉那杰夫人有一段风流韵事。可是他们要分手了，但约定让-雅克在蒙彼利埃小住后，到夫人的住地圣安台奥尔镇去与她相会。让-雅克继续单独赶路。

加尔大桥和尼姆竞技场

我一边在记忆中重复，一边又在继续我的行程。这次我深感满意的是坐上了一辆好车，可以对我尝过的和她许诺的快活事更悠闲地做梦。我心里只想到圣安台奥尔镇和那里等着我的美妙生活。眼里只看到德·拉那杰夫人和她的生活环境，天下的其他一切都被我视同草芥，甚至妈妈也给忘了。我忙着在脑子里把德·拉那杰夫人提起的全部细节贯串起来，好在事前对她的住宅，左邻右舍，人情来往和全部生活方式有所了解。她有一个女儿，她对我提到过好几次，口吻钟爱不已。女儿已满十五岁，活泼可爱，性格温和。她向我许愿说我会受到亲切的接待。我没有忘记这个许愿，好奇地在想德·拉那杰小姐怎样对待妈妈的好朋友。这就是我从圣灵桥到雷慕伦这段路上做梦的内容。有人对我说过加尔大桥①值得一看。我不会错过的。早餐时吃了几枚美味的无花果后，我雇了一名向导去参观加尔大桥。这是我见到的第一项罗马工程。我盼着看到一座无愧于创造者之手的建筑物。这一回看到的东西超过了我的期待，也是一生中唯一的一次。只有罗马人才会产生这样的气势。这项工程外观朴素雄伟，尤其令我惊叹的是它建筑在一片荒原中央，寂寞孤旷，更显得恢宏壮阔，令人叹为观止。其实这座所谓的桥只是一条输水管道，人们不禁要问是什么力量把这些巨

---

① 公元前罗马占领高卢时，在普罗旺斯修筑的地面输水道。

石从那么远的采石场运来，又把那么多的劳力调动到这个荒无人烟的地方。这座雄伟的建筑物有三层，都叫我跑遍了，一种景仰的心情使我几乎不敢把脚踩在上面。脚步声在巨大的拱券下发出回响，仿佛令人听到拱券建造者的高吼声。我像条小虫迷失在穹隆中。我一方面觉得自己渺小，一方面又感到有什么东西使我的灵魂升华，我喟叹：“我为何不生为罗马人！”我待在那里好几小时，凝视默想，怡然出神。回去途中神思恍惚，这种状态对德·拉那杰夫人不大有利。她确实想到要我提防蒙彼利埃女人，但是没有要我提防加尔大桥。人总不可能考虑得面面俱到。

在尼姆我去看了竞技场，这是要比加尔大桥雄伟得多的工程，给我留下的印象却淡薄得多，或许是景仰的心情在大桥上消耗殆尽，或许是竞技场位于城市中心不易引起激动。这座壮丽的竞技场四周是简陋的小屋，还有更小的屋子塞满了竞技场内部①，使整体看来杂乱无章，身处其中遗憾与愤懑的心情盖过了喜悦与惊奇。后来我看过维罗纳竞技场，规模远远不及尼姆，但是保存良好，维修得体面干净，从而给我留下强烈与愉快得多的印象。法国人不爱护东西，也不尊重古迹，做事前一团火，干时虎头蛇尾，完成后又不知保存。

他在蒙彼利埃逗留时间不长，离开后要去找德·拉那杰

---

① 直至 19 世纪初，竞技场内设有一座军营。很长一段历史时期，竞技场作为抵御外敌的堡垒使用。

夫人。可是由于很难继续冒充英国人，要周旋于那位夫人与女儿之间，又思念妈妈，他终于决定直接回尚贝里。妈妈对他很冷淡，宣称她已委身于早在她家住下的冒险家温赞里德，但是她允许他们共享。让-雅克很反感，加以拒绝，同意到里昂大法官德·马勃里家去当教师。教学工作得不到多大效果，卢梭念念不忘失去的乐园。因此一年不到他又决定返回秀美园。但是过去的事一去不复返了。那时他设计出一套用数字符号的音乐记谱法，到巴黎准备向法兰西学院提出。《忏悔录》以下面一段话作为暂时的结束：

"以上是我青年时代的谬误与过错。这段历史我叙述得非常忠实，自己也感到满意。后来我年事稍长而做了些好事，本来也会以同样的坦诚提到它们。这原是我的计划。但是我必须在此搁笔。时间能够揭开重重帷幕。如果我的名声传之后世，可能有一天后人会得知我那时要说些什么。那样也会知道我为什么保持沉默。"

第二部分

第七章

（1741 年秋—1749 年夏）

痛苦时期

经过两年的沉默与忍耐，不顾曾经还下过决心，我又提起了笔。请读者不要对我被迫这样做的理由评论不已。你们在读完我这本书后才能评论。

人们看到我度过了风平浪静的青春年代，生活平淡无奇，相当甜蜜，既没有吃大苦，也没有走红运。这样庸碌无为大部分是由我的热烈但软弱的天性造成的。它难于振奋，易于泄气，要触动才能醒悟，可是由于萎靡贪懒又会故态复萌。总使我还没实施大德，更没犯下大恶以前，又回到我自觉生来适合的闲散宁静的生活，也就无从让我轰轰烈烈地干上一番，不论在好事方面，还是在坏事方面。

我立刻要展示的是怎样一幅不同的图画，命运顺遂我的心意三十年，违拗我的心意也三十年。我的地位与天性对抗永不间断，人们看到在这场对抗中产生了巨大的过失，闻所未闻的不幸，以及除强力以外一切可以迎战厄运的美德。

书的第一部分完全是凭记忆写成的，必然有许多不当之处，第二部分势必也凭记忆去写，不当之处还会更多。青春岁月过得又平静又清白，甜蜜的往事留下了不知凡几的美好印象，我就是爱没完没了地去回忆。人们不久会看到我后半生的事迹有多么不同。重温这些往事也是在引起心头伤痛。为了不让不幸的回顾使我的处境雪上加霜，我尽量回避去想这些事，时常做得很成功，然而遇上需要时再也想不起来了。对痛苦那么健忘，则是上天在多舛的命运中给我的一种安慰。我的想象力受惊害怕，只看到险恶的未来，幸而我的记忆作为抵消，专门去回溯愉快的往事。

为了弥补记忆不足和指导此书写作，我搜集了资料，这全部资料落入其他人的手中，再也不会物归原主了。我只剩下一个忠实的指导是我可以信任的，那是我的感情的连贯性，它标志我身心的发展，从而也标志作为感情前因后果的事件的发展。我轻易忘记我的痛苦，但是我不能忘记我的谬误，更不能忘记我的善良感情。回忆这些事对我是太亲切了，不会从我心中消失的。我可能漏记事实，混淆过程，弄错日期。但是心里有什么想法，这些想法引导我做了些什么，这点我万万不会错的，这就是我要写的要点。《忏悔录》的本旨是让人如实了解我一生中各种境况下的内心想法。我答应提供的是我心灵的历史。为了撰写翔实，我不需要其他记录，只要像迄今所做的那样诉诸内心就够了。

然而非常幸运，有一段六七年的时间，我在来往函件抄本中保存了可靠的资料，信函原件在杜·贝伊鲁先生 ① 手里，这

---

① 杜·贝伊鲁（1729—1794），卢梭大量信件的受托人，《忏悔录》第一部分由他与别人负责出版。

本集子终止于一七六〇年，包括居住隐庐、我与所谓的朋友交恶的整个时期：这是我的一生中值得纪念的时期，也是其他一切痛苦的根源。至于近期的信函原件，保留在我手中的数量不多，就不重抄附于信集后面。集子太厚，没法取出而不引起我的阿耳戈斯①的警觉，如果这些信件在我看来有助于澄清事实，对我有利也罢不利也罢，都抄录于本书中。因为我不怕读者会忘了我是在写"忏悔录"，而相信我是在写"自颂书"。但是他们也不要指望真相对我有利时，我会闭口不提。

而且，第二部分在实话实说上与第一部分是相同的，在事情重要性上则占优势。除此以外，第二部分在一切方面都较第一部分逊色。第一部分写起来高高兴兴，悠然自得，人不是在伍顿②，就是在特里③。回忆这些往事，没有一件不给我新的欢乐。我怀着新的喜悦不停地去追忆，可以无拘无束地反复描写，直到满意为止。今天记忆力与思考力都已经衰退，几乎无法完成任何工作，我还来做这件事实在出于不得已，内心无限苦楚。它向我展示的只是痛苦、背信弃义，只是令人痛心疾首的往事。我恨不得埋掉我要说的话，使它们永远不见天日。我出于无奈而不得不说时，只有躲躲闪闪，耍滑头，诈骗、糟蹋自己去做我生来最不宜做的事。我头顶上的木板长了眼睛，四周的墙壁长了耳朵。我被一群不怀好意、目不转睛的密探与眼

---

① 阿耳戈斯，古希腊神话中的百目巨怪，半数的眼睛始终轮流张开。死后埃拉把它的眼睛拼缀在孔雀尾巴上。卢梭在此指随时注意他的行动的敌人。
② 伍顿，在英国德比郡，卢梭曾客居于此。
③ 特里，在法国诺曼底，是孔蒂亲王的领地。

线包围，心绪不宁，神不守舍，把几句断断续续的话仓皇涂到纸上，既没有时间重读，更没有时间修改。我知道尽管在我四周堆垒了巨大的屏障，他们还是害怕真理会从某道缝隙泄露出去。我怎样做才能让真理冲破罗网呢？我试试，成功的希望不大。大家可以判断在这种情况下，还有什么可以由我描绘赏心悦目的图画，添加动人的色彩。我向愿意阅读本书的人声明，没有东西保证他们读下去不感到厌烦，除非他们想全面了解一个人，真诚热爱正义和真理。

去巴黎途中，卢梭在里昂稍作停留，看望朋友，请他们写推荐信。靠了推荐信，他在巴黎向法兰西学院提出他的新记谱法。他没有获得预期的成功，由着自己"静静地享受清闲，听天由命"。他结交了几位作家，其中有封德内尔、马里沃，尤其是狄德罗，阅读维吉尔和让·巴蒂斯特·卢梭①的作品，爱上了下棋。他还进入了交际界，经常去杜平夫人家。杜平夫人是税务总监的女儿，丈夫也是税务总监，出入她家的都是些显贵人物。经德·布罗格利的引荐，他犹豫一阵后，接受了驻威尼斯大使德·蒙泰古伯爵的秘书一职。很快两人关系恶化。

大使与秘书的纠葛

我耐心忍受他的轻蔑、粗暴、恶意对待，只要我相信这是

---

① 让·巴蒂斯特·卢梭（1671—1741），法国抒情诗人。

他脾气作怪而不是出于憎恨。但是一旦看出他有意剥夺我工作出色而应得到的荣誉，我决心放弃不干了。第一次领教他的恶意是那次夜宴，他款待正在威尼斯的德·摩德纳公爵①和他的家眷，他通知我说席间没有我的座位。我生气，但是没有发火，回答他说，我有幸天天与大使同桌进餐，如果德·摩德纳公爵要求他来时我应该退席，事关大使阁下的尊严和我的职务就不能同意。"怎么！"他气势汹汹地说，"我的秘书连个贵族都不是，居然要跟一位君主同桌进餐？我的那些贵族②还轮不上呢！""是的，先生，"我反驳说，"阁下让我荣任此职，就是对我的晋封，只要我在职一天，我就是比您的那些贵族或自称的贵族高出一头！他们能去的地方我都能去。您不是不知道，那天您去晋谒，我按照礼节和一项自古以来的习俗，身穿大礼服陪同前去，并有幸与您在圣马可宫一起坐在赐宴席上。我就不明白一个人可以必须出席威尼斯元首和参议院的公宴，为什么不能在招待德·摩德纳公爵的私宴上占一席地位。"尽管论据不可辩驳，大使却不让步，但是我们也得不到机会重启争端，德·摩德纳公爵根本没有来赴宴。

从那时起，他不断地叫我不痛快，侵犯我的职权，剥夺我职务上的小特权而交给他的亲信维达里③。我肯定他若有胆量派他代替我上参议院，他也会这样做的。他平时使唤比尼神父④

---

① 摩德纳，意大利城市，当时是一个公国。
② 当时大使馆随员都是贵族出身。
③ 维达里，大使馆二等随员。
④ 比尼神父，卢梭的副手，大使馆秘书助理。

在他的书房里起草重要信件，这次利用他给德·莫莱巴先生 ①
写一份奥利维船长事件的报告 ②。报告中对我这个唯一的参与者
只字不提，甚至连笔录是我做的也不提，他交给德·莫莱巴一
份副本，把这事归功于一句话也没说过的巴蒂赞尔 ③。他就是要
羞辱我，笼络他的亲信，但是又不想放弃我。他觉得找人接替
我不像接替法鲁 ④ 那么容易，法鲁已把他的为人到处宣扬。他
绝对需要一位懂意大利文的秘书，可以向参议院复文，起草他
的所有公文，办理他的所有事务，什么事也不用自己插手。除
了好好侍候他本人以外，还要阿谀奉承他的贵族饭桶老爷们。
他为此要留住我，贬低我，把我扣在这个远离我的祖国、他
的祖国的地方，没有钱回去。他可能会达到目的，如果手段温
和的话。但是维达里有其他看法，要逼我下决心，把事情做
绝。我看到我的努力都是白操心，大使对我的效劳不但不知感
激，反而记恨在心。我从他那里得到的无非是内心不快和待遇
不公。他早已弄得声名狼藉，对我恶心恶意固然对我有害，对
我好心好意也不会使我受益，这时我打定了主意向他告辞，给
他留下时间另找一名秘书。他不说可以也不说不可以，依然我
行我素。看到事情毫无转机，他也不把找人当作一回事，我就
写信给他的兄弟，列举出一条条理由，请他要求大使阁下允准
我辞职，并且补充说我无论如何不可能留任的。我等了很久得

---

① 莫莱巴（1701—1781），法国海军部国务秘书。
② 奥利维，商船船长，他的船在威尼斯被扣，卢梭主动写了一份报告进行干预，使船获得放行。
③ 巴蒂赞尔，法国领事。
④ 法鲁，卢梭的前任。

不到回音，开始感到为难了。但是大使终于收到兄弟的信，这封信措辞肯定很激烈，因为，虽然他动辄火冒三丈，我还是没有见过他这样大发雷霆。他连珠炮似的恶骂以后，再也找不出话来说，就控诉我出卖了他的密码。我开始大笑，连嘲带讽地问他是否相信在全威尼斯，会有一个人愚蠢得肯为密码花一个子儿。这个回答气得他口沫直流。他装模作样地要叫人把我扔出窗外。在那时以前我一直很镇静，但是听到这声威吓，轮到我勃然大怒，气昏了头。我奔到门背后一拉插销，把门在里面拴上。"不用了，伯爵大人，"我对他说，步子庄重地向他走去，"这件事不用您的手下人过问，咱俩自行解决的好。"我的行动、我的神气立刻使他冷静下来，他的举止显出惊愕与恐惧。我看到他怒气平息下来，三言两语向他告辞。然后不等他回答，打开门走了出去，进入小客厅，在他的仆从中间昂然走过，他们照例站起身。我相信要是动手的话，他们只会帮我反对他，而不是帮他反对我。我没有上楼回我的房间，径自下楼后立即走出官邸，再也不曾回去过。

一七四三年九月四日他抵达威尼斯，一七四四年八月二十二日离开，没有从大使那里收到他的薪金。全巴黎对"大使的疯狂行为"表示愤慨，可是没有一个人敢公开站在秘书一边反对他的主人。卢梭很失望，居住到索邦大学附近的圣康坦旅馆。

泰蕾兹·勒·瓦瑟

我尝到了寄人篱下的苦楚，发誓不再落到那个地步。我看到我伺机制定的许多雄心勃勃的计划，未待实施已经夭折。我不甘心回到我顺利开始尔后又被逐出的生涯，决定不再依附于人，依靠自己的才能保持独立。我对自己的才能开始心里有了数，以前一直是低估它的。因去威尼斯而搁笔的那出歌剧我又继续往下写。待阿尔杜那①走后，为了潜心做这件事，回到以前的圣康坦旅馆去住。它坐落在僻静地区，离卢森堡公园不远，要比热闹的圣奥诺雷街更适宜我自由自在工作。那里等待着我的是上天让我在苦难中得到的唯一的真正安慰，也是这安慰使我经受住了苦难。这不是一时的结识，事情是怎样来的我要多交待几句。

我们有一个新女主人，来自奥尔良。她雇了一名同乡女子，约莫二十二三岁，专管缝洗工作，同女主人一起与我们同桌吃饭。这女子叫泰蕾兹·勒·瓦瑟，好人家出身：父亲在奥尔良造币厂供职，母亲经商。他们子女很多。奥尔良造币厂关闭，父亲失业，母亲碰到几笔倒账，买卖做不下去，弃商跟了丈夫与女儿来到了巴黎。一家三口就靠女儿一人工作过日子。

我第一次在桌上看到这个姑娘，就被她的谦恭风姿，尤其是明亮温柔的眼神吸引了，我从没见过这样的目光。桌上除了

---

① 卢梭在威尼斯结交的西班牙朋友，是他说服卢梭到巴黎进修科学的，他们在1744年到1745年同住一楼。

德·博纳丰先生 [1]，还有几位爱尔兰神父，加斯贡神父以及另几位这类的人物。女主人泼辣风骚，只有我一人谈吐举止尚算稳重。他们戏弄那个姑娘，我保护她。讽刺的矛头立刻朝向我而来。我对这个姑娘原本并无兴趣，同情与矛盾反使我对她有了意思。我一直喜欢言行诚实，特别表现在女性身上。我挺身而出做了她的卫士。我看出她对我的关心很领情，眼神中流露了不敢用嘴表示的感激，愈发勾魂摄魄了。

她胆怯，我也胆怯。这种共同的气质好像要使彼此疏远，其实很快促成双方结合。女主人察觉后大光其火，她的粗鲁行为反而加速成全我与姑娘的好事。她在楼里只有我一人可作为依赖，看到我出去就心里难过，保护人回来又松了一口气。我俩心心相印，情投意合，立刻产生应有的效果。她相信我是一位正人君子，她没看错。我相信她是一个多情纯朴、不爱卖弄风情的姑娘，我也没看错。我事前向她声明我决不抛弃她，也不会娶她 [2]。爱情、尊重、天真、诚挚成为我的成功的牵线人，这是因为她心地温良诚实，我不用追求就得到了幸福……

最初我寻求的只是给自己找个快活。我看到做过了头，给自己找了个伴侣。跟这个出色的姑娘相处一久，对自己的处境考虑一多，使我感到我在追求我的欢乐时却做了许多事促成了我的幸福。壮志未酬在心中留下的空白，需要一个强烈的感情来弥补。说到底，需要一个人接替妈妈。既然我不再与她一起

---

[1] 此人身份不详，卢梭从未在其他章节里提到过。
[2] 1768年，卢梭在两位朋友面前宣布娶泰蕾兹为妻。

生活，就需要有个人与她的学生一起生活，而这个人必须具备她在我身上发现的质朴与温柔。我需要私生活和家庭生活的温馨来补偿我放弃的锦绣前程。我形单影只时，我的心是空的。但是也只需要一颗心就可填满它。大自然为我创造的那颗心，已被命运剥夺了，异化了，至少部分如此。从那时起我孤独了，因为在有与无之间对我是没有折中可言的。我在泰蕾兹身上找到了我所需要的递补：有了她，我生活幸福。就是根据以后情况的发展来看，我也只能这样幸福了。

我首先要培养她的才智。我白费心了一场。她的才智是大自然赋予的，栽培与关怀都无济于事。我毫不难为情地承认她一直没有学会阅读，虽然写得还可以。当我要去住在小田园新路时，窗子对面是蓬沙特兰旅馆的大时钟，花了一个多月工夫教她识钟点，到现在勉强会认。她从来不知道一年十二个月的顺序，不识一个数目字，尽管我费尽心机教她。她不会数钱，也不会计算东西的价钱。她说话用的字眼往往是她要说的意思的反面。从前，我把她的句子编成一本小册子，逗得德·卢森堡夫人直乐。她说话驴唇不对马嘴，在我出入的社交圈内尽人皆知。但是，这个女人那么孤陋寡闻，也可以说那么愚蠢，逢到难事却很会出谋策划。经常在瑞士、英国、法国，我碰上大灾大难，是她看到了我自己看不到的东西；是她给我提出可行的最佳主意；是她把我救出我盲目往里钻的危险境地。她的见解、明辨力、应对和行为博得宫妃贵妇、王公贵胄的普遍称赞，他们在我面前也夸奖她的才干，我觉得这些恭维话都是真诚的。

在所喜爱的人身边，感情可以培养才智和心灵，不再需要上其他地方另觅主意。我跟泰蕾兹生活十分舒心，不亚于跟天下第一天才一起生活。她的母亲早年在德·蒙比博侯爵夫人身边长大的，颇为自负，爱卖弄才智，要对女儿指指点点。由于她的狡诈，破坏了我们纯朴的来往。对这种纠缠的厌恶，也使我克服了一点不敢与泰蕾兹在大庭广众露脸的羞耻心理。我们两人在田野附近散步，做些美味可口的小点心。我看到她真心诚意地爱我，使我加倍温顺。这种卿卿我我的生活对我意味着一切。未来不再惊动我，或者只是作为现在的延续而惊动我：我除了保证它的延续外一切都不盼望。

卢梭的歌剧《风流诗神》在私下排练演出。但是拉莫①背后捣鬼，使它没法公演。他把伏尔泰的戏剧《德·那瓦尔公主》改编成歌剧，剧名改为《拉米尔的节日》。杜平夫人和女婿德·弗朗戈依使他接受一个秘书职位。他在舍农索度过一七四七年秋季，编曲写诗。泰蕾兹在巴黎生了一个孩子，卢梭把他送往孤儿院。通过德·弗朗戈依，卢梭认识了德比内夫人，初次见到未来的杜德托伯爵夫人。他与一些文人过从较密，其中有孔蒂拉克。狄德罗约他为《百科全书》撰写音乐条目。但是《盲人短简》出版后，狄德罗被关进了万森城堡。

---

① 让·菲力普·拉莫（1683—1764），法国作曲家。

第八章

（1749 年秋—1756 年 4 月）

卢梭认识了格里姆 ①，在韦特曼·苏·波瓦的萨克森—哥特邦王储府邸盘桓一两天间，卢梭对他表示了强烈的好感。

天职的产生

回巴黎途中，我听到一条好消息，凭他的口头保证，狄德罗走出了塔楼 ②，被软禁在万塞纳城堡和花园内，还准许会见朋友。不能马上跑去看他在我是多么难受！一些不可推卸的要事使我在杜平夫人家羁留了两三天，急得像等了三四个世纪。我飞奔投入了朋友的怀抱。这是难以形容的时刻！他不是一个人。达朗贝尔 ③ 和圣堂司库与他在一起。我进去时只看到他，我一步窜上去，一声叫唤，把脸贴在他的脸上，把他抱得紧紧的，没有一句话，只有眼泪和呜咽。温情和高兴使我气也透不过来了。他挣开我的拥抱，第一个动作是转身对那位神职人员说："您看，先生，我的朋友是多么爱我！"当时我沉浸在激情

---

① 梅尔基奥尔·格里姆（1723—1807），德国作家、批评家。曾为德意志几位公侯将相主编《文学、哲学和评论通讯》。
② 法国城堡内四周有塔楼，战时作为防御，平时关押犯人。
③ 达朗贝尔（1717—1783），法国哲学家，《百科全书》主编之一。

中，对他这种讨巧的做法也没思索。后来好几次想起那件事，总认为我要是狄德罗，决不会是首先转到这个念头。

我发现他深受囹圄之苦。塔楼给他留下可怕的印象。尽管他在城堡里相当舒服，在不设围墙的花园内走动也自由，但他需要朋友来往，才不致发愁消沉。因为我肯定是最同情他的苦恼的人，我也相信他见了我感到最大的安慰。因此，不顾事务如何繁忙，最多隔上一天，有时一人、有时与他的妻子①去跟他消磨一个下午。

一七四九年那年，夏天异常炎热。从巴黎到万塞纳有两里地。我当时不便雇马车，下午两点钟一个人去时就走着，为了早点到达我走得很快。按照当地的风尚，路旁的树丫杈都修得很短，几乎没有树荫。我经常走得又热又累，直挺挺躺在地上，动弹不得。为了控制步子，我想起带上一本书。有一天，取了一份《法兰西水星报》，一边走一边浏览，忽然看到第戎学院第二年论文竞赛题目——《科学与艺术的昌明到底是引起风俗的败坏还是促成风俗的纯朴》。

阅读的时刻，我看到了另一个宇宙，变成了另一个人。尽管对当时得到的印象还记忆犹新，但事情细节，在致德·马勒泽尔布的四封信中有一封提到过后②，已记不真切了。这也是我

---

① 安多纳特·尚比翁，原为洗衣女。1734 年，狄德罗娶她为妻。
② 1762 年 1 月 12 日卢梭给德·马勒泽尔布的信："如果有什么东西类似突如其来的灵感，这就是指阅读时在我心中发生的冲动。忽然我觉得神志被千道光照得发花。许多生动的思想同时奔我而来，强大混乱，把我投入到一种难以表达的惶惑中。我觉得头昏昏然如同喝醉了酒，心激烈跳动，胸脯起伏不停。我没法一边走路一边呼吸，就势跌倒在路旁的一棵树下，情绪那么激动的过了半个小时。我站起身发现上衣前襟都被泪水打湿了，而我根本没有感到落过眼泪。"

记忆中的一个特点，值得提上一提。我依靠记忆多久，记忆可以为我服务多久。一旦把事情写到纸上，记忆立刻弃我而去。我把一件事写了出来，就会一点记不起来。这个特点也体现在音乐中。学音乐以前，我默记了一大批歌曲，学会读谱识曲后，一首歌也记不住了。我怀疑最心爱的曲子中今天还有没有一首我能背得全的呢。

关于这件事我记得清楚的是到了万塞纳，我还激动得近乎谵妄。狄德罗察觉了，我向他说出原委，并朗读了伪托是法伯里西乌斯 ① 的演说，那是我在一棵橡树下用铅笔写成的。他鼓励我发挥我的见解，参加竞赛。我这样做了，从这个时刻起我这人就完了。余生中种种不幸，都是这个迷误的时刻产生的必然后果。

我的情绪随着我的思想的调子，激扬亢奋，速度不可思议。我所有小小的情欲都被真理、自由、美德的热诚窒息了。最令人惊讶的是，这份狂热在我心中足足保持了四五年，其程度之深在其他人心中恐怕也是难以达到的。

我写这份演说的方式也很奇特，我的其他作品也几乎都采用了这种方式。我把不眠之夜都献给了它。我先躺在床上闭目默想，头脑中反复考虑文章段落，艰难得不可想象。最后对这些段落感到满意时，把它们储存在记忆中，直至能够形诸笔墨。但是起身穿衣这段时间内又把一切都忘了，坐到稿纸

---

① 法伯里西乌斯，古罗马政治家，公元前 282 年为执政官之一，以道德高尚著称。

前面，拟好的腹稿几乎一句不剩。我想到叫勒·瓦瑟夫人做我的秘书。在这以前，我留她和女儿一起住。她的丈夫就住在附近，为了省去雇女仆，由她每天早晨来生炉子和做些杂务。她来了，我在床上向她口授前一夜完成的文章，这种做法我实行了很久，使许多事没有在遗忘中失去。

演说稿完成后，我给狄德罗看。他很满意，指出几处错误。这篇文章充满热情与力量，却绝对缺乏逻辑与层次。出自我手笔的作品中，这篇推理最差，节奏与和谐最不讲究。可见一个人不论生来怎样有天分，写作艺术则不是一朝一夕的功夫。

> 卢梭与格里姆日益接近，甚至与泰蕾兹渐渐疏远。

同居

空闲时间不多，没法兼顾我的各种爱好，这比任何时候更增强我长期以来要与泰蕾兹同居的欲望。但是她家人多带来的不便，尤其无钱添置家具，使我到那时候还没办理。努力一试的机会来了，我没有放过。德·弗朗戈依先生和杜平夫人觉得我一年八九百法郎不够开支，主动把我的年薪提到五十金路易。此外，杜平夫人得知我正在设法添置家具，在这方面又帮我的忙。我们把泰蕾兹原有的家具也凑在一起，在格勒内尔-圣奥诺雷路①的朗格多克府租了一套小公寓，四邻都是正派人。

---

① 今为巴黎第一区内的让-雅克·卢梭路。

我们尽我们的能力安了家，在那里平静舒适地生活了七年，直到迁入隐庐为止。

泰蕾兹的父亲是一位老好人，非常温和，怕老婆怕到极点，因此也给她起了个绰号"刑事检察官"。格里姆后来开玩笑把绰号安到做女儿的头上。勒·瓦瑟夫人不乏才情，也就是说机灵，甚至卖弄上流社会的礼节和派头，但是她那套诡谲的花招叫我受不了：给女儿出馊主意，怂恿她跟我若即若离；分别讨好我的朋友，挑拨他们相互之间、我与他们之间的关系；她还装得像个好母亲，因为这样对她有利；掩盖女儿的缺点，因为她可以利用。这个女人，我虽对她百般照顾，无微不至，不断送上小礼，一心一意要得到她的疼爱。只因我无法面面俱到，竟成了我们小家庭龃龉的唯一原因。然而我可以说，这六七年间我尝到了脆弱人性所能包涵的最完美的家庭幸福。我的泰蕾兹的心是一颗天使的心，我们相互依恋随着我们亲昵程度而增加，我们日益感到我们两人是为彼此而生的。如果我们的乐趣可以说出来的话，简单得令人发笑。只是在城外并肩散步，到某家小馆子阔绰地花上八个十个苏；在我的窗框子前小宴，面对面坐两张小椅子，椅子搁在窗台一样宽的木箱上。处于这个位置，窗台成了我们的桌子。我们呼吸新鲜空气，可以观看四周景色和行人。虽在五层楼上，一边吃一边还可俯视街头。桌上放的无非是一块大面包、几颗樱桃、一小块奶酪、四分之一升葡萄酒，供我们两人喝，谁会描写、谁会感觉这些晚餐的妙趣？友谊、信任、亲密、灵魂的温馨，这些作料的味道才美呢！有时不知不觉留到深夜，老妈妈不提醒我们决不会想到时间的。但是这些显得乏味与可笑的细节可别提啦。我总是说，总是感到，真正的欢乐是不可描写的。

遗弃孩子

第二年是一七五〇年，我已不把那篇演说放在心上，这时听说它在第戎获奖了。这条消息使我回顾了促使我写那篇文章的全部观点，赋予它们一种新的力量，终于让父亲、祖国、普鲁塔克在童年灌输到我心中最基本的英雄主义和道德观念，像酵母一样开始膨胀了。我发现没有比超越财富与他人评议，悠然自得，做一个自由的、有道德的人更伟大、更美的了。虽然碍于难为情和害怕嘲笑的心理，我没有立即遵循这些原则行事，公开摒弃我这个世纪的箴言。但从此时起我坚定了决心，不久就要付诸实现，只等矛盾来激励它，让它战胜一切，需要多少时间就多少时间。

我正对人类的责任进行哲学探讨时，有一件事却要我对自己的责任加以切实思考。泰蕾兹第三次怀孕了。要做到言行一致，内心坦然，又不愿让我的行为否定我的原则，我开始审察我的孩子的前途，以及我与他们的母亲的关系。根据自然、正义、理智的法则，根据这个像创造者那么纯洁、神圣、永恒的宗教的法则——这个宗教已被人玷污了，他们装模作样地要净化它，用自己的各种公式把它改头换面成一个文字的宗教。因为写上办不到从而不用去实践的条文毕竟要省心得多了。

　　如果说我对我的后果估计是错误的，最令人吃惊的是我在这样做时内心很平静。如果我属于那种没有教养的人，听不到大自然的亲切呼声，内心没有丝毫真诚的正义与人道的感情，那么这副铁石心肠倒是简单明了的。但是我的心肠这么热烈，反应这么敏感，这么易于交往，交往后又这么动情，断交时又这么心碎，生来对我的同类这么充满好意，这么热爱崇高、真实、美、公正，这么憎恨一切的恶事，这么不会去恨、去伤害他人，就是这样的意愿也没有，看到一切道德的、豪迈的、可爱的东西又这么温情柔意——这种种一切如何能与那种毫不在意地蹂躏最温良的责任的堕落行为，协调地共存于同一个心灵内呢？不，我感到这点，而我还是要高声说：这不可能。让-雅克这辈子任何时刻都不是个没有感情、没有心肠的人，失去天性的父亲。我可能做过错事，但是没有做过狠心的事。我若申述我的理由，这说来话长。既然这些理由能够迷惑我，也就能迷惑其他人。我不愿那些阅读我的文章的青年被同样的错误蒙蔽。我想说的只是错误就是错误，由于无力抚养才把孩子送到公共教育机关，让他们日后做个工人和农民，而不是冒险家和追求财富的人，我以为这尽了公民和父亲的职责；我把自己看作柏拉图共和国①的一员。从那时起，内心悔恨不止一次地让我知道我错了。但是，我的理智不但没有给我同样的警告，我

---

① 柏拉图（公元前 428—前 347），古希腊哲学家，在《共和国》一书中主张孩子不认识父母，人人都是国家的儿女。

还经常感谢上天保佑他们没有遭到他们父亲的命运，也没有遭到我要是被迫抛弃他们而使他们受到威胁的命运。德比内夫人和德·卢森堡夫人，或出于交情，或出于慷慨，或出于其他原因，都表示过愿意抚养他们，如果我把他们托付给其中一位夫人，他们会更幸福吗？会成长为正派人吗？我不知道，但是我肯定人家会鼓动他们去恨，甚至去背叛自己的父母：那还不如大家互不相识要强上百倍。

　　第三个孩子就是这样被送进了孤儿院，跟前两个一样，后来两个也复如此，因此我总共有五个孩子。这种安排在我看来是那么妥善，那么合情合理。如果我没有公开吹嘘，那完全是对做母亲的顾惜。但是我把这事向所有我宣布了我们的关系的人说过，我向狄德罗、格里姆说过。后来也告诉了德比内夫人，还告诉过德·卢森堡夫人，这一切都是自由的、坦白的，并不出于无奈，不然可以轻易瞒过大家。因为拉·古安①是位诚实的妇女，非常谨慎，我完全信任。朋友中间唯有蒂埃里大夫，我向他透露了真情是有求于他。有一次姑姑②生产时情况非常不好，是他治疗的。总之一句话，我不对自己的行为故弄玄虚，不但因为我从不向朋友隐瞒，也因为我看不出这有什么不好。得失权衡以后，我给我的孩子做出了最佳，或者我认为的最佳的选择。我过去乐意，现在还是乐意我本人能够得到他们那样的教养。

----

① 泰蕾兹的孩子的接生婆。
② 卢梭对泰蕾兹的爱称。

当我这样吐露衷肠时，勒·瓦瑟夫人也在她那边坦陈心曲，但看法没有那么公允。我把她和她的女儿引见给杜平夫人，杜平夫人看我的情面对她们百般照拂。妈妈把女儿的秘密告诉了她，就是不说我收入虽微薄但多么努力去支付一切开支。杜平夫人善良而慷慨，送了她一笔钱作为补贴，女儿听从母亲的命令在巴黎期间始终把这事瞒着，只是到了隐庐，为其他的事几次推心置腹后才向我承认还有这么一回事。杜平夫人从未向我作过半点暗示，我不知道她竟了解得那么多。我也不知道她的媳妇德·舍农索夫人是否也了解。但是她的儿媳德·弗朗戈依夫人听到了不能保持沉默。第二年我已离开他们的家，她跟我谈起这件事，这使我有责任为此给她写了一封信，这封信可以在我的资料中找到。我在信中罗列了一部分理由，那些是我可以说出来而不致连累勒·瓦瑟夫人和她的家庭的。可是最有决定因素的理由却是另外一些，我缄口不谈。

杜平夫人的谨慎，德·舍农索夫人的友好，我是可以信任的。德·弗朗戈依夫人的友谊我也信任，况且我的秘密泄露以前很久她便作古了。秘密只可能是我私下告诉过的人泄露的，事实上也是我与他们断交以后秘密才泄露出来的。单凭这个事实，受审的该是他们。我决不想推卸，反而乐意接受我该受的谴责，但不是他们恶意强加的谴责。我的错误是严重的，但是这是一个过失。我忽视了我的责任，但是心中决没有伤害的意图。对于素未谋面的孩子，做父亲的也表示不出非常慈爱的心肠。但是辜负朋友的信任，违背最神圣的盟约，公开他人向我们内心倾诉的秘密，恣意败坏那个受骗的、离开了我们还对我们表示尊重的朋友的声誉，这一切不只是错误了，这一切是灵魂的卑下与丑行了。

我答应写的是我的忏悔录，不是我的辩护状，因此在这件事上说到这里为止。说真话在我，主持公道在读者。我要求他们的不过如此而已。

德·弗朗戈依先生鼓励卢梭到税务总局去当财务员，他本人是税务总监。卢梭违心地在履行这个职务。那时他得了急性膀胱炎，一位名医医治他，向杜平夫人说病人至多再活六个月。

改革

这番话传到我的耳里，使我对自己的处境与愚蠢行为做了认真的思考：我不久于人世，还要牺牲休息与娱乐，把自己束缚在一件只会引起我厌恶的工作上。而且怎样把不久前接受的严格原则，适用在一个与这些原则格格不入的工作岗位上呢？我当上税务总监的财务员，还好意思去宣扬淡泊和安贫吗？这些想法随同高烧在我头脑中翻腾，那么强烈地搅和在一起，从那时起没有东西可以把它们铲除了。休养中，我在昏迷时抱定的决心又得到了冷静和理智的肯定。从此不思升官发财，决心让余生在独立与贫困中度过，竭尽灵魂的全力去挣断时论的锁链，勇于去干我心目中的一切好事，决不计较他人的说长道短。我需要清除的障碍以及为战胜障碍而做出的努力，令人难以置信。我能做的都做到了，还超出了我的期望。如果我摆脱友谊的束缚如同撼动时论的桎梏一样有效，我必定会实现我的计划——这可能是世人所能设想的最伟大的，或者至少是最有益于道德的计划。但是在我把那群庸俗的所谓大人物、所谓圣贤的胡说八道踩在脚下的同时，却让自己像孩子似的听任所谓朋友的耍弄和摆布。他们看到我在一条新路上独来独往产生了嫉妒，表面上一心要使我幸福，实际上执意要让我出丑。起初千方百计贬低我是为了最后可以诋毁我。这不是我在文坛的盛名，而是我那标志着这个时代的个人改革引起了他们眼红。他们可能会原谅我的写作艺术光辉夺目，却不能原谅我在行为上做人表率，这看来叫他们恼火。我生性友好，脾气平易随和，与人深交毫无困难。默默无闻活着时，每个认识我的人都爱我，谁都不与我为敌。一旦成名后再也找不到朋友了。这是我的大不幸，然而还有更大的不幸是自称为朋友的那些人把我团团围住，利用友谊赋予的权利要弄得我身败名裂。这部回忆录的后半部将披露这场可憎的阴谋，这里仅指出它的开端，不久可以看到第一个圈套的形成。

我愿意生活独立，就必须有谋生之道。我想出一个非常简单的方法，就是抄写乐谱，按页计酬。如果有什么更稳定的工作可以达到同样的目的，我也会做的。但是这种技能符合我的志趣，唯有它不用我去屈从于人，且又供应我每日的面包，我就锲而不舍了。我相信我不用担心前途，也放弃了虚荣，从税务局财务员摇身一变成为乐谱抄写员。我相信这个选择使我得益匪浅，也很少后悔。后来放弃这项工作只是迫不得已，一有可能又重操旧业了。第一篇演说的成功使我更容易确定这个决心。文章获奖后，狄德罗自告奋勇去付印。我还躺在床上，他写给我一封短信，告诉我书的出版与反响。他对我说："它一鸣惊人，如此成功尚无先例。"读者对一位不事钻营而又名不见经传的作者如此赏识，这使我对自己的才能首次感到真正的自信。在那以前尽管隐约有点感觉还是不敢肯定。我明白我准备执行的计划可以从这次成功中获得的全部好处，我估计在文坛上小有名气的抄谱员是不愁没有人请教的。

决心一俟确定，我就写信给德·弗朗戈依先生，告诉他这件事，并感谢他和杜平夫人的一切好意，还要求他们介绍顾客。弗朗戈依看了信一点不懂，以为我还在发烧说胡话，赶到我家来。但是他发现我矢志不移，无法动摇。他跑去对杜平夫人和每个人说我变成了疯子。我让他们说他们的，我还是做我的。我从服饰着手开始我的改革。我抛开黄金饰物，脱去白色长裤，戴上圆形假发套，取下佩剑，卖掉怀表，自言自语时快乐得令人难信："谢天谢地，从此我不需要知道钟点了。"德·弗朗戈依先生还老老实实等了很久才接过金库。最后看到我主意没变，把金库交给了达里巴尔先生，他以前做过小舍农索的老师，以《巴黎植物志》一书闻名于植物界。

第戎那篇演说给作者带来大量信件，特别使他与波兰斯

塔尼斯拉斯国王建立了通讯关系。可是，他的"岳母"觉得
"女婿"的改革不合口味。卢梭结交了一批文人朋友，其中
有霍尔巴赫、杜克洛、普雷沃神父，还写出了《乡村先知》。
一七五二年十月十八日，这出歌剧在枫丹白露宫中演出。

作者和他的成功

那一天 ①，我还是一贯那样不修边幅，大胡子，蓬松的假
发。我把这种有欠庄重的做法看成是敢作敢为，就这副模样走
进了过后不久国王、王后、皇亲国戚、满朝文武要莅临的那个
大厅。德·居里先生领我坐进他的包厢，这是舞台侧面的大包
厢，对面是一个较高的小包厢，那是国王与德·蓬巴杜夫人坐
的。四周都是贵妇人，只有我一个男人待在包厢前沿，我不怀
疑人家故意这样安排，就是要让我被人观赏。灯一亮，我看到
一群浓妆艳抹的妇女中间自己这身装束，开始很不自在，问自
己有没有坐错了位子，是不是穿得得体。经过几分钟的不安，
我回答自己说："没错。"说话时一股勇敢的劲儿，怕是理直气
壮的成分少，骑虎难下的成分多。我对自己说："位子没坐错，
既然我是在看自己的剧本的演出，我是受邀请而来的，我当
初写剧本还不为的是它么？总之，我比谁都有权利享受自己劳
动与才能的果实。我穿得跟平时一样，不好也不坏。如果我又
开始在一件事上屈从时俗的看法，不久又会在所有事上低头认

① 指 1752 年 10 月 18 日。

输。为了保持本色，在任何场合我不该对自己选择的穿着而羞惭。我的外表简单随便，但是不油腻、不肮脏。胡子本身也是如此，既然大自然给我的就是这个样。根据时代和风尚，胡子有时是个装饰。有人觉得我好笑，不合时宜。嘿！我不在乎！我应该学会笑骂由它，只要这些笑骂不是有的放矢。"在这番自言自语后，我铁了心，若有必要甘冒天下之大不韪。但是，也许由于国王在座，也许由于人心的自然倾向，大家以我作为目标的这份好奇心，我只觉得令人感激，很真诚。我那么感动，甚至又开始对自己、对歌剧的命运不安了，生怕这种似乎执意要给我喝彩的盛情厚意会消失。我提防他们会嘲弄，没料到他们殷勤讨好，这使我诚惶诚恐，开幕时我竟像个孩子似的发抖了。

不一会儿，我感到可以放下心来。这出戏演得很糟糕，但是音乐部分唱得好，演奏得也好。从第一幕起——这幕确实纯朴动人——我听到包厢里发出一阵惊异钦佩的呢喃声，这对这类剧本还是闻所未闻的事。激动情绪渐渐高涨，终于感染了整个大厅，用孟德斯鸠 ① 的话来说，效果增强了效果。两个小人物的那场戏 ②，效果达到了顶点。国王在场时是不准鼓掌的，使全剧听得一清二楚，这对戏与作者都有利。我听到周围女人喊喊喳喳，她们在我看来个个艳若天仙，相互低声说："真美，真迷人！没有一个音符不打动心。"我引起那么多可爱的人的激

---

① 孟德斯鸠（1689—1755），法国哲学家，著有《波斯人信札》。
② 指第六幕，科兰和科莱特在一番伤心的挫折后，互订海誓山盟。

情，这份快乐使我激动得眼泪上涌。演到第一段二重唱时，我实在忍不住，并注意到哭的人不只我一个。我想起特雷托伦家①的那次音乐会，对自己做了一番回顾。这种回顾颇有奴隶从凯旋者头上夺过桂冠的味道。但是它瞬息即逝，我立即全心全意地体会自己光荣的乐趣。我可以肯定那时候受异性的吸引远远超过当作者的虚荣，如果在场的都是男子，我肯定不会像当时那样情焰烧身，要用嘴唇去承接夺眶而出的甘美泪水。我曾见过有的戏激起更热烈的赞扬，但是从没见过一出戏自始至终使人沉浸在如此深沉、如此美妙、如此感人的陶醉中，尤其在宫里，还是首场演出。看过那次演出的人或许还记得起来，因为这是空前绝后的轰动。

当天晚上，都蒙公爵②派人通知我，第二天早晨十一点钟上城堡去，他领我觐见国王。德·居里先生带给我这个口信，还说大家相信是年金一事，国王要亲口向我宣布。

谁会相信过了这么辉煌的一天，接下来对我竟是焦虑惶惑的一夜？一提起觐见，我首先想到频频解手的需要，那天晚上看戏时就使我痛苦万分。第二天，当我待在长廊或国王私室里，夹在显贵中间恭候国王驾临的时候，我当然也会受折磨。这个痼疾也是把我挡在社交圈外，阻止我关在妇女房里的主要原因。一想到这种需要会使我陷入怎样的境地，就会引起我的便感，急得难忍，不然就要丢丑，那是我宁死也不愿意发

---

① 指本书第四章中那件事。卢梭还不懂音乐，竟敢开音乐会，这次失败使他蒙受了耻辱。
② 负责宫廷演出的官员。

生的。只有了解这种情境的人才能估计出冒这种风险的恐惧心理。

我接着想象自己站在国王面前，被介绍给陛下，陛下赐恩停下步子向我说话。这时候回话就要准确机智。我那可咒的脑膜，在普通陌生人面前已弄得我心慌意乱，会在法国国王驾前放过我吗？会让我即时选择恰如其分的回答吗？我愿意保持我养成的神态和严肃的口吻，又表示出对这么伟大的一位君主赐恩铭记在心。献上一篇优美恰当的颂词，其中还应该包含某条伟大而有益的真理。为了准备一个巧妙的回答，就必须看准他会跟我说什么。就是看准了，深信在他面前那些想好的话也会一个字儿都记不起来。那时在满朝文武面前，惶恐中脱口说上一句平时的粗话岂不叫我无地自容？这种危险向我发出警告，叫我害怕，使我发抖，以致决定无论如何不去栽这个跟斗。

卢梭就这样放弃了同意给他的年金，受到狄德罗和格里姆的责备，他们鼓动泰蕾兹和她的母亲反对他。意大利演员在巴黎歌剧院演出《弄臣》获得成功，卢梭卷入关于演出的论争，写成《法国音乐通讯》，颂扬意大利音乐。这个立场给他招来了新的敌意，可是却也为他酝酿了新的成功。

《那喀索斯》和第二篇演说

正当歌剧院上演《乡村先知》时，法兰西喜剧院也在议论这出戏的作者，但是没有那么幸运。由于七八年内在意大利剧院轮不上演出我的《那喀索斯》，我对这个剧院也就不感兴趣了，况且那里演员用法语演戏并不高明。我本来就愿意把我的本子给法国人演，不一定要在他们的剧院。我向演员拉努谈起我的愿望，我与他早就认识，大家都知道他是个值得尊敬的人，也是一位剧作家。他对《那喀索斯》很中意，他负责安排不署名演出。他先送我一些入场券，使我很高兴，因为我一直偏爱法兰西剧院，胜过其他两个剧院。那部剧本受到鼓掌欢迎，介绍时不说作者是谁。但是我有理由相信演员和其他好多人不是不知道底细。戈桑小姐和格朗瓦尔小姐演两位情人，尽管我认为他们对全剧领会不够，可不能说这出戏绝对演砸了。可是观众的宽容使我惊讶和感动，他们耐着性子静静地从头听到底，甚至再忍受第二次演出，没有丝毫不耐烦的表示。而我在第一次就讨厌起来，实在无法看到终场。从剧院出来转身走进普洛科普咖啡馆①。我在那里遇见布瓦西②和其他几个人，他们可能跟我一样看得讨厌了。在那里我高声认错，谦恭地或者自豪地承认我是剧本的作者，说出了大家心里想说的话。当众承认自己是一部难以上演的烂戏的作者，这很受大家赞赏，我也不觉得有多大难堪。我甚至在这样做的勇气中，自尊心得到了补偿，我相信这种场合，说出来的骄傲大于不说出来的难为情。可是有一点是可以肯定的，这部剧本尽管搬上舞台反应冷

---

① 17 世纪末，一位意大利西西里人在旧法兰西剧院隔壁开设的咖啡馆。作家、评论家、演员经常在里面聚谈，隔壁剧院一出戏的成败，往往取决于他们之间的钩心斗角。

② 布瓦西（1674—1758），法国剧作家，从 1755 年起为《水星报》主编。

淡，阅读则不坏，我把它付梓，在序言中——这可是我写的一篇好文章——我开始阐明我的原则，比以前做的都要深入。

不久，我得到机会在一部更重要的著作中，把这些原则淋漓尽致地发挥出来。因为，我想这是在一七五三年，第戎学院发布了《人类不平等根源》①征文规则。这个大题目使我吃惊不小，我奇怪这个学院竟敢出这样的题目。但是，既然它有勇气出，我也就有勇气写，我就写了起来。

为了充裕地思考这个大题目，我到圣日耳曼去过上七八天，同行的有泰蕾兹、我们的女房东——她是个好妇人——和她的一位女朋友。这是我一生中最愉快的旅程之一。天气十分好，这些善良的妇女负责照料和掌握开支。泰蕾兹跟她们一起游玩，我丝毫不用操心，吃饭时间不受拘束地笑笑闹闹。白天的其余时间，我钻入森林深处，在那里寻觅到了原始时代的形象，自豪地回溯历史。我不漏过人类的大大小小谎言，大胆把他们的本性暴露无遗，追述使本性遭到扭曲的时代与事物的过程。在对比文明人与自然人的同时，向他们指出所谓人的进步才是人的苦难的真正根源。我的灵魂受这些崇高默想的激扬，提升到神明的境界，看到我的同类由着偏见的盲目引导，走上了错误、痛苦与罪恶的道路，我向他们喊，声音却微弱得他们不可能听到："无知的人，你们不停地咒骂本性，要知道你们的一切痛苦都来自你们自身。"

---

① 第戎学院征文的正确题目为：《什么是人类不平等的根源，它是否合乎自然法则？》。

从这些默想产生了《不平等论》一文，比我的其他所有作品都更符合狄德罗的口味，他对作品提的意见我也采用得最多[①]，但是全欧洲只有少数几位读者理解这本书，又没有一个愿意谈论它。这篇文章是为应征而写的，我把它寄走了，事前还肯定这回得不了奖，因为很清楚学院的奖金不是为这一类作品而设的。

这次旅行和这件工作使他的健康稍有起色。他的一位朋友戈弗古尔要去日内瓦，建议卢梭陪他。卢梭决定同去。一七五四年六月一日，两人在泰蕾兹的陪伴下启程。

日内瓦之行：访问德·华伦夫人

到了里昂，我告别戈弗古尔，走萨瓦那条路，因为走过妈妈身边那么近再不去探望我是做不到的。我见了她……怎样的处境，我的天哪！怎样的堕落！她哪里还有什么她的基本道德？德·蓬德韦尔神父荐引我去见的德·华伦夫人，当年那么光艳照人，难道这就是她吗？我是多么痛心！我看她除了换个环境以外没有其他良策。我激烈地、徒劳地向她反复重申信中多次提出的请求，跟我一起共度暮岁，我愿意奉献我的和泰蕾

[①] 我写这些话的时候，对狄德罗和格里姆玩弄的巨大阴谋还一无所知，不然很容易察觉前者如何滥用我的信任，而给我的作品加上这么严峻的语调和阴沉的神气。他不再指导我时，我的作品就不是这样写的。哲学家的那篇论文倒是符合他的作风：堵住耳朵旁征博引，决不听一听可怜人的呻吟。他还提供我其他一些更为激烈的主意，我下不了决心使用。但是我认为是万森城堡的塔楼留给他这种阴沉的气质，在他写的《克莱伐尔》一书中满篇皆是，我心里也就从不怀疑到这其中有一丝一毫的恶意。（卢梭原注）——卢梭影射的那篇哲学论文，强调文明人要抛弃同情。《克莱伐尔》显然系卢梭误引。卢梭欲指的是狄德罗《私生子》一剧中的人物道伐尔。

兹的余生，以使她的晚年过得幸福。她还恋恋不舍年金，就是不肯听我。她的年金虽然照付不误，但早已没有多少可取了。我把我的钱分了一小部分给她，如果我不是完全肯定她一个子儿也享受不到，我应该，我也会多分给她的。我在日内瓦时，她去过一趟查勃莱，到格兰日·加那①来看我，她没有钱走完她的旅程。我身上也没有这笔数目。一小时后我让泰蕾兹送钱给她。可怜的妈妈！让我再对她的好心提一笔。她全部首饰只剩了一只小戒指。她从手指上脱下戴到泰蕾兹的手指上，泰蕾兹马上退回，再戴到她的手指上，亲吻这只高贵的手，眼泪簌簌流在上面。啊！这是我报答她的好时刻。我应该抛弃一切跟随她去，相依为命，直到最后一刻，不论是什么命运都要与她同甘共苦。我却没有这样做！我心里有了别的牵挂，对她的眷恋日益疏淡，不指望这份旧情对她有什么好处。我为她哀叹，却没有随了她而去。生平种种憾事中，这一件最强烈也最持久。我为此应该受到严厉的惩罚，它们也从那时起不停地压在我头上：但愿这些惩罚已经赎清我的忘恩负义！忘恩负义的是我的行动，但是它使我的心感到撕裂，可见这颗心不是忘恩负义者的心。

日内瓦的接待

从巴黎出发以前，我草拟了《不平等论》一文的献词②。在

---

① 日内瓦东部住宅区，1754年夏天卢梭在此住过。
② 这本书献给日内瓦大议院。

尚贝里完稿，并标上年月与同一地点。认为最好既不写巴黎也不写日内瓦，免得节外生枝。来到了日内瓦，我投入到共和运动的热忱中，也是这种热忱驱使我来这儿的。尤因我受到的接待，热情变得更加高涨了。得到社会各界的庆贺和鼓动，我全身心沉浸在爱国主义的激情中。我因信仰一个与祖先不同的宗教而被剥夺了种种公民权，这时为此感到羞耻，决心公开重奉祖先的宗教。我想《福音》对全体基督徒都是一样的，教条的内容所以不同，只是各人对不懂的那部分任意解释。在各个国家只有国王有权确定宗教信仰和这个不可理解的教义，而公民只有义务接受教条和遵守法律限定的宗教信仰。跟百科全书派交往，不但没有动摇我的信仰，反而由于我生来厌恶争吵与派别，更坚定了我的信仰。我对人和宇宙的研究，处处向我提出终极原因和指导这些终极原因的智慧。通过《圣经》，尤其通过多年潜心研究的《福音》，我瞧不起那些最没有资格理解耶稣基督的人，对耶稣基督所作的卑下愚蠢的说明。总之，哲学使我接近宗教的要旨，而远离有些人塞进宗教内的这一大堆小公式。我认为对理性的人不存在两种做基督徒的方法，也认为一切形式与纪律在各国都应属于法律管辖范围。从这条那么合理，那么有社会意义，那么息事宁人，又给我招来那么残酷迫害的原则出发，得到的结论是我要做公民，就要做新教徒，回到我的国家建立的宗教信仰。我决定这样去做。我居住的教区位于城外，我就听从这教区牧师的指示。我提出的要求只是不到教务会议去受讯问。可是圣教法令在这点上是明确的，他们居然愿意为我破例，任命一个五六人委员会专门聆听我的改宗声明。不幸，亲切和善、跟我很有交情的佩德里奥教长想起对我说，大家很高兴在这次小型会议上听我致词。这种期待使我心惊胆战，三星期来我日夜在琢磨一篇我准备好的简短演说，宣读时心慌意乱竟一个字也记不起来。在那次会议上我扮演了一个最愚蠢的小学生角色。委员们替我代说，我傻乎乎地回答"是"与"不是"。然后我被教团接纳，恢复了公民权，并以这个身份担任了保安队职务，只有公民与市民才有这个资格。我参加了一次全体特别大会，在执行委员缪沙里那里宣誓。值此时际，国民议会、教务会议对我表示的好意，所有官员、内阁成员、公民的殷勤真诚的做法，使我深受感动，以致受到那位紧随左右的好友德·吕克的催促，尤其是我自身倾向性的驱使，我只想回巴黎去退掉我的租房，料理琐事，安置勒·瓦瑟夫人和她的丈夫（或者提供他们赡养费），随后带了泰蕾兹一起定居在日内瓦，了此残生。

　　抱了这个决心，卢梭在祖国愉快地过了一段日子，回到巴黎。可是荷兰书商雷依出版了这本献给日内瓦共和国的《不平等论》。日内瓦舆论对作品反应冷淡。如果不出现其他因素，卢梭可能不会放弃他的计划。

隐庐

如果我心中没有同时出现其他更强烈的动机，这次挫折还是不会改变我寓居日内瓦的计划。德比内先生要在舍弗莱特城堡补盖一排翼房，花了很大一笔钱才盖成。有一天，我与德比内夫人一起去看这些工程，散步时多走了四分之一里路，直至花园蓄水池。花园紧挨蒙莫朗西森林，其中有一块美丽的菜园子和一幢破败不堪的小屋，称为"隐庐"。这地方幽静舒适，我去日内瓦前第一次看到时就很注意。我兴奋之下不禁脱口说出："啊！夫人，多妙的住宅！完全是为我而造的退身之地啊。"德比内夫人没有接过话头。但是这次重访时，这已不是一间老屋，几乎完全翻修一新，房间安排恰当，非常适合三口之家居住。德比内夫人叫人不声不响做了这件事，花钱不多，从城堡工程匀出一点材料和几名工人。这次旧地重游，她看到我惊讶，对我说："我的熊①，这就是您的退身之地。这是您自己选中的，是由朋友送给您的，我希望它能打消您要离开我的狠心念头。"我不相信这辈子曾经那么感动、那么欢悦，朋友慈惠的手都被我的泪水沾湿了，要说我那一时没有唯命是从，也极度地动摇了。德比内夫人不愿意事情没有着落，催得那么急，用尽了方法动员那么多人要我就范，甚至把勒·瓦瑟夫人和女儿也争取过去，终于她战胜了我的决心。我放弃回国定居，决定并答应住在隐庐。在等待房子晾干的时间里，她细心准备家具，要在明年开春一切布置就绪，只待迁入。

还有一件事帮我下了决心，那就是伏尔泰住到了日内瓦附

---

① 指怕见生人的人。

近。我明白这家伙会在那儿闹得个天翻地覆。我也会在自己国家恢复那次使我逐出巴黎的声调、神气和习俗。我又要不断地参加论战！在行动中没有其他选择，不是做俗不可耐的学究，就是做胆小怕事不尽责的公民。伏尔泰针对我最后那部作品给我写了一封信，让我有机会在复信中婉转地提出我的忧虑。那封信产生的后果证实了我的忧虑是对的 ①。从此以后，我对日内瓦死了心，我没看错。倘若我自认有这份才智，可能会迎战这场风暴，但是我孑然一身、怕羞、不善辞令，如何去对付目空一切、有财有势、有大人物撑腰、口若悬河、已成为妇女与青年偶像的那个人？我怕拿我的勇气去作无益的冒险，我只相信心平气和、息事宁人，这种态度当年使我受骗，今天在这个问题上也使我受骗。如果隐居日内瓦，那样或能躲过一些大灾大难，但是我怀疑，即使怀着满腔的爱国热忱，我会对自己的祖国做出伟大有用的事么？

　　卢梭向德比内夫人介绍日内瓦著名医生特隆香；他重逢早年的朋友旺蒂尔；斯塔尼斯拉斯国王要把南希一位院士逐出学院，卢梭为之说情成功。本章结尾时他重申写《忏悔录》时的诚意，以及他的敌人欲使这本书销声匿迹所做的努力。

---

① 1755 年 8 月 10 日，伏尔泰在信中揶揄说，读了《不平等论》使人想"用四条腿走路"。卢梭在 9 月 10 日用同样的语调复信：他很高兴看到伏尔泰给日内瓦人带来光明，"去教诲那些值得您教诲的人吧"。不久以后，卢梭又指责伏尔泰利用他的影响使日内瓦人背弃他。

第九章

（1756 年 4 月—1757 年 12 月底）

迁入隐庐

等不到明媚的春光来临，我急于住进了隐庐。我的住宅收拾一完，我赶紧搬了进去，引起霍尔巴赫①之流的讥诮。他们公开预言，我受不了三个月的孤独，不久又会见到我灰溜溜回来，像他们一样在巴黎过日子。而我，十五年来萍踪飘泊，看到自己即将有个归宿，根本不理会他们的笑话。自从身不由己地投入社交界以来，从没停止过思念我那可爱的秀美园和在其中度过的甜蜜生活。我觉得生来是过孤独的乡村生活的，在其他地方我不可能生活幸福。在威尼斯，有公务的繁忙，外交职位的尊贵，步步高升的得意；在巴黎，有上流社会的旋涡，灯红酒绿的享受，剧院光彩夺目，虚荣目迷五色；然而总是一想起我的丛林、清溪、踽踽独行，才令我神往，才使我心愁，才引起我的嗟叹与憧憬。这一切工作我所以能够强制自己去做，这一切雄心勃勃的计划所以时时鼓动我的热忱，其道理无非是让我有朝一日享受到这种逍遥乡野的乐趣。此刻我庆幸自己

---

① 霍尔巴赫男爵（1723—1789），德国哲学家。1735 年到法国，与百科全书派过从甚密，但猛烈攻击卢梭。

快要得到了。以前相信只有小康才能过上这种生活，现在诚然没有实现小康，由于我的特殊地位，我认为不需要如此，恰是通过一条相反的道路，达到同样的目的。我没有点滴收入，但是有名气，有才能！我生活简朴，摒弃了一切花费最大的需要——那是怕人说话才有的需要。除此以外，我虽然懒散，高兴时也很勤快，我的懒散不是游手好闲者的懒散，而是独立不羁者的懒散，只是想干的时候才干。誊写乐谱工作既不扬名也不谋利，但是稳定。社交界很欣赏我有勇气选择这门职业。我可以不愁没有活儿干，好好工作够我养家糊口的了。《乡村先知》和其他作品的收入还让我剩下两千法郎，靠了这笔储备金生活不致拮据。手头还有几部著作，不用勒索图书商就可得到足够的补贴，使我从容写作，不必太累，甚至还可享受散步的闲暇。我一家三口都有正经事做，维持这样的小家庭不需要太大的花费。总之，我的收入跟我的需要与欲望是相称的，完全有理由让我在按照天性选择的生活中过得幸福而长久。

我也可以完全走谋利的道路。我不让这支笔誊写乐谱，而一心从事著作，以当时已取得的创作势头来看，自忖它还可维持不衰。只需施展作家的手腕，再加上用心思去出版几部好书，可以让我过上富裕甚至豪华的生活。但是我觉得为面包写作必然窒息我的天才，扼杀我的才华。我的才华存在我的心中，更多于存在我的笔下，只有进行高尚与自豪的思考时才华才会产生，才会得到营养。一支唯利是图的笔产生不出任何扎实伟大的作品。需求与贪欲可能使我写得快，但不会写得好。成功的需要就是不把我拖进宗派团体，也会使我少写真实有益的作品而多写媚俗的作品。这样我就不会是一位杰出的作家了，充其量只是耍笔杆的人。不，不，我一直认为写作不成为一门职业，作家才有卓越可敬的地位。当人只是为了生活而思想，就很难思想高尚。为了有能力、有胆量说出颠扑不破的真理，就不应该依赖它的成败得失。我把作品抛向群众，深信在为共同利益说话而不必计较其他。如果作品遭到拒绝，就算是那些不愿受惠的人无此福分。对我来说无须他们的赞许而生存。如果我的书销不出去，我的工作可以养活我，也恰是这点使我的书好销。

这是一七五六年四月九日，我离开城市后再也没回去居住过。因为我不把后来几次到巴黎、伦敦和其他城市盘桓也算是居住，那只是路过或是不得已而做的。德比内夫人坐了车子来接我们三人，她的佃户来取我的小行李，当天就住了进去。我发现我的小幽居室布置与陈设都很简单，但是干净，甚至有情趣。是他人的手为这套陈设操劳，使陈设在我眼里显得不可估价。在一幢由我选择、由她特意为我建造的小房子里，做上了我的朋友的客人，我感到其乐陶陶。

尽管天冷还飘着雪花，大地却已开始泛青，出现了紫罗兰和迎春花，树木也已含苞欲放。到的那一夜几乎就在我的窗前、与房子连接的花园里，响起了第一声夜莺啭鸣。浅睡一阵醒来，忘了已经迁居，以为还在格勒内尔路。突然这声莺叫，使我心头一震，在狂喜中叫了起来："我终于如愿以偿了！"首先关心的是出去把周围的乡村风光铭记心中。我不先整理房间，却先整理自己后就去散步了。在住宅周围的小径、修林、灌木、小屋，没有不被我在第二天跑了一个遍的。观察这个迷人的幽居愈久，愈感到它是为我而造的。这块地方隐蔽而不荒野，使我恍惚寄身天涯，这种种动人的景色在城市附近是找不到的。一下子置身其中，决不会相信离开巴黎仅四里地。

这是卢梭一生中创作计划最丰盛的时期。

宏伟计划：《政治制度论》

在已经着手撰写的几部作品中，构思最久，写时最感兴趣，愿意为之付出一生心血，依我看又会使我的名声确立不移的，那是我的《政治制度论》。最初有意写这部作品，那是十三四年前的事了，当时我在威尼斯有机会目睹这个那么受人赞扬的政府的弊病。也从那时起，伦理学历史的研究大大扩展了我的视野，我看到一切从根本来说都是从属于政治的。不论如何去应付，一国人民都不过是他们政府的本质造成的那种人。因而，"好得不能再好的政府"这个大问题在我看来仅成为这个问题：什么样本质的政府能够培育最有道德、最开通、最明智，总之最好的人民——从最广义上去理解"最好"这词。我还相信看到这个问题与另一个问题密切相关，虽然这两个问题是不同的：什么样的政府就其本质来说最能依据法而行事？由此引出什么是法？以及一连串同等重要的问题。我看到这一切会引导我摸索出对人类幸福，尤其对祖国幸福有益的伟大真理。不久前在祖国的那次旅行中，我觉得法的观念和自由的观念不够准确，不够明白，难如人意。我以为这样做是间接地向他们提出这些观念，也最能顾全国民的自尊心，叫他们谅解我在这件事上看得比他们远一些。

尽管这部作品写了五六年，进展还是不大。这类书需要沉思、闲暇与安静。而且我做这事像人们说的偷偷摸摸，我向任何人、甚至向狄德罗都不愿意透露我的计划。我怕这部书对我写作的这个世纪与国家都太顶撞了，朋友①的担心会影响我的计划执行。此外还不知道这部书能否及时完成，在我有生之年出版。我愿意不受拘束地对这问题写上一切该写的东西。当然既不想挖苦讽刺，也不思强加于人。平心而论，我是无可指摘的，只是充分地、毫不含糊地使用我与生俱来的思想权利，但是始终尊重我在其治下的政府，从不违反它的法律，小心翼翼地不去侵犯人的权利，可是也不愿因畏惧而放弃人权的好处。

我还承认，作为外国人在法国生活，我觉得自己的处境非常有利于大胆说真话；我还知道，像我愿意做的那样继续不在法国私印未经批准的书籍，那就无须为在其他地方发表和出版我的至理名言，向任何人禀报交代。在日内瓦我就没有那么自

---

① 特别是杜克洛的严格明哲的态度，引起我这份担心。可是关于狄德罗，我每次与他商讨，不知如何总会使我说话揶揄尖刻，争得面红耳赤，其实我的天性不是这样的。也因为这点，凡是一部我愿意仅用推理的全部力量，不掺杂丝毫脾性与偏心写成的作品，我就不去向他请教。《社会公约》是从那部书中抽出来的，从《社会公约》的笔调可以判断出那部作品的笔调。（卢梭原注）——夏尔·杜克洛（1704—1772），法国作家，1746年为法兰西学院院士。自从读了他的《某伯爵忏悔录》后，卢梭有意与他结交。

由，不论在哪个城市出书，官员有权对其内容评头品足。这些考虑大大促使我向德比内夫人的盛情让步，放弃在日内瓦的定居计划。我觉得——就像我在《爱弥儿》中说过——一个人愿意为祖国的真正利益写书，除非诡计多端，不然就不应该在祖国的怀抱中去写。

还有使我觉得处境顺利的是，我深信法国政府虽不对我另眼看待，也并不保护我，但至少对我不加干涉而引以为荣。对没法阻止的事就不妨宽容，把它作为一种功德，在我看来则是一个很简单然而很巧妙的政治策略。因为他们有权做到的不过是把我逐出法国，这样我的书不但不会少写，反而写得更少克制，还不如留下作者，让我太太平平，做作品的担保。此外，还可给自己树立对人权开明尊重的声誉，消除欧洲其他国家内一些根深蒂固的偏见。

有些人认为在这件事上我信任错了，可能是他们自己错了。在对着我排山倒海而来的那场风暴中，我的书仅是借口，他们恨的是我这个人。他们对作者很不在乎，但是要整垮让-雅克。他们在我的著作中发现的最大罪恶是作品给我带来了光荣。这不用我们等到将来。我不知道这个至今对我还是秘密的秘密，以后会不会在读者眼前揭开。我知道的只是，如果我宣布的原则会给我招来我遭遇到的对待，我不用等待那么久才成为它们的牺牲品。因为最大胆地——且不说最勇敢地——宣布我的原则的那部作品，早在我住到隐庐前已经问世，已经轰动。我不说没有人向它寻衅，但确实没有人想到禁止它在法国出版，那本书在法国跟在荷兰一样都是公开出售的。在这以后，《新爱洛伊丝》也出版了，同样顺利，我还敢说同样叫好。几乎不可相信的是，这位爱洛绮丝临终前的信仰表白与萨瓦副主教的信仰表白，完全如出一辙。《社会契约论》中的大胆言论也都在《不平等论》中出现，《爱弥儿》与《朱丽》①在这方面也毫无二致。既然这些大胆言论没有引起任何针对前两部作品的恶言中伤，那么针对后两部作品的恶言中伤就不是由那些大胆言论引起的。

应杜平先生的要求，他整理圣·彼得本堂神父的著作。

宏伟计划：《感性伦理学》和《爱弥儿》

我还在构思第三部书，主题取自我对自己的观察所得。所以有勇气去写这么一部书，更主要是我确实希望写出一部对人类真正有益的书，甚至可以说一部可以献给人类的最有益的书，如果它不折不扣地按照我制订的计划完成的话。人们可以看到，大部分人在生命过程中常常不像他们自己，仿佛变成了不同的人。我要写一部书不是为了证实这件人所共知的事，我有一个完全新的甚至更重要的目标，这就是寻找这些变化的原因，钻研那些取决于我们自己的原因，为了指出我们怎样掌握它们，可使自己变得更好、更自信。因为，一个诚实的人也需

---

① 《新爱洛伊丝》的最初书名。

要抑止一些已经形成而又必须克服的欲念。如果他能上溯到欲念的根源，在根源上预防、改变或变换这些欲念，毋庸置疑要容易多了。一个人受到诱惑，这一次顶住了，因为他坚强；另一次又屈服了，因为他软弱；如果他跟前一次没有两样，他就不会屈服。

我一边探索自己的内心，一边观察他人，去找寻这些不同的行为方式的根子在哪里，我发现它们很大部分取决于外部事物的先入印象。我们不断通过感官和器官而变换，不知不觉间在思想、感情，甚至行动中接受这些变换的影响。我搜集到许多明显的观察结果都是无可争辩的。这些观察合乎生理原理，在我看来完全适合提供一个外部机制，这个机制根据环境而变更，可以把我们的心灵置于或维持在最利于道德的状态。如果懂得控制动物本能去扶正它经常捣乱的精神秩序，人可以避免多少理智偏差，防止多少邪恶产生。气候、季节、声音、色彩、暗影、亮光、自然元素、食物、喧闹、寂静、运动、静止，都对我们这架机器、我们这颗灵魂产生作用。因而，一切也对我们提供无数的几乎可靠的方法，可让我们在感情方兴未艾时控制它放任自流。这就是基本思想，我已把纲要写在纸上，尤其我觉得不难把它写成一本读来轻松愉快的书，既然我写来也轻松愉快。我还更有理由期望它对有教养的人产生良好的效果，因为他们真诚热爱美德而又提防自己软弱。这部著作名为《感性伦理学》或《贤者唯物主义》，可是我投入的工作很少。人们不久可以知道我分心的个中缘由，它阻止我去写这本书。人们也可看到我那篇纲要的命运，它与我本人的命运比表面上要密切得多。

除了这些事以外，我近来还在思考一种教育制度。这是德·舍农索夫人要求我写的，她看到丈夫的教育法而为儿子深深担忧。这件事本身我虽不感兴趣，但友情难却，我对它比对其他事关心。所以，刚才谈到的题目中唯有这本书是我写完的。我写这个题目时原来计划的结尾，似乎会给作者得到另一种命运。但是在此不必过早提到这件伤心事，本书后面我欲不说还怕不行呢。

他也编写《音乐词典》，出版于一七六七年。德比内夫人的友谊愈来愈缠人，卢梭不得不三天两头去看她。而且，格里姆开始经常出入德比内夫人家，但这是小疵点，不足以使一种暂时的幸福蒙上阴影。他以为幸福会持久不败。怎样解释这种幸福呢？这是对他的一生作总结的时刻了：泰蕾兹至少部分满足他对温情的需要；狄德罗和格里姆的友谊帮助他克服惰性。他追求美德的热忱在伦理改革时唤起了他直到那时从不相信自己会有的勇气，鼓励他去写那前几部著作。

但是当他远离其罪恶引起他愤怒的巴黎和社交界时，他又变得"胆怯、讨好、腼腆，总之一句话，一贯的那个让-雅克"。这也说明了他内心产生的不平衡和"摇摆"，它们不可挽回地破坏了他的生活。

从泰蕾兹那儿，他得知勒·瓦瑟夫人的勾当，她在背后接受礼物，这是卢梭本人作为一条家规禁止的。格里姆和狄德罗鼓动这两位夫人反对他。泰蕾兹最后满足不了他对温情与交流的需要。他在自己家里感到拘束，只得到其他地方去寻找幸福。他参阅圣彼得本堂神父的著作，写出论文《永久的和平》与《多种委员会制》①。后来他发现神父抨击法国政府，免得去冒风险就放弃了清理神父的作品。他又闲了下来。

幻灭

这项工作一放手，有一段时间我对接着要做什么把握不定。那阶段无所事事是我的损失，因为没有外来的事要忙的，只能对着自己左思右想。对未来提不出计划可以活跃我的想象力，甚至不可能提出什么计划。既然我的处境恰是万事如意形成的处境：我不需要再订什么计划，我的心也是空的。这种境地是残酷的，尤其我看不出有什么更合我的心意。我集中最温柔的情意放在一个称心的人身上，而她以同样的情意回报我。我跟她生活毫无拘束，也可说随心所欲。可是不论离她近还是远，心头总摆脱不掉一种隐痛。我占有她时依然感觉她不是我的。只要想到我对她不意味一切，使得她对我也几乎不意味什么。

我有男女两方面的朋友，我怀着最真诚的友情、最纯正的敬重心去爱他们，我相信从他们那里也可得到同样真诚的回

---

① 路易十五（1710—1774）幼年登位，摄政王菲力普·德·奥尔良废除内阁大臣制，各部设一个委员会处理政务，史称"多种委员会制"。

报，思想上从来没有一次怀疑过他们的诚意。然而这种友情对我却是苦恼多于温情，这是由于他们固执地、有意地违背我的一切爱好、我的志趣、我的生活方式。以致只要我表示要得到一件事，这件事仅对我一人有关而与他们毫不相干，就可看到他们所有人立即团结一致逼我放弃这样做。我从不控制，甚至从不过问他们的想法，所以他们执意要对我的想法实行全面的控制，更显得不公正，使我为之付出可怕的代价，到了后来没有一次拆开信时不感到某种害怕心理，阅读以后更证实这种害怕心理是有道理的。我感到那些人个个比我年轻，个个都非常需要他们动辄给我的那些教训，他们未免太把我当孩子看待。我对他们说，像我爱你们的那样爱我；其次，像我不干涉你们的私事那样不要干涉我的私事，除此以外我对你们别无他求。如果说两件事中他们倒也给我做成了一件，那至少不是后一件。

我有一个独立的住宅，在一个迷人的偏僻角落，我是自己家的主人，依照我的方式生活，不用其他人监督我。但是这个寓所也强加于我一些义务，履行起来不难，却不可不履行。我的全部自由只能是脆弱的。我应该受我的意志的驱使，这要比受命令的驱使更多束缚。我没有一天起身时可以说："今天我爱怎样过就可怎样过。"而且，除了依从德比内夫人的安排，我还要更多地依从陌生人和不速之客的要求。我离巴黎不远，没有一天不来上一批批穷极无聊的人，他们不知道把自己的时间做什么用，也就毫不在意地浪费我的时间。就是我最意想不到的时间，也有人来无情地侵犯，我对自己的日程订出如意的计划，难得有一天不被某位来客全部打乱。

总之，我身处我以前最羡慕的人生美事中，但是得不到纯粹的享受，常常激动之下回想青年时代无忧无虑的日子，有时高声叹息："啊！这里还不是秀美园！"

我回忆起一生中不同时期，顺着思路也考虑我达到的那个阶段，看到自己处在生命的下坡路，百病丛生，相信正在接近生涯的终点。我内心贪求的种种乐趣几乎没有一种曾经充分享受过；我内心含蓄的众多激情也从未迸发过；我灵魂中蕴藏的这种醉人情欲也没有体味过，甚至没有挑逗过，由于缺乏对象总是受到压抑，只能通过声声叹息而得到宣泄。

我怀着一颗感情自然外露的灵魂，对它来说生活就是爱，我又自觉生来待人一片真诚，怎么到头来还找不到一位与我情投意合的朋友，待我一片真诚的朋友？我的感官是那么灼热，心地充满了爱，怎么会找不到一次机会为某个明确的对象而熊熊燃烧？我从没能满足对爱的需要，已受尽爱的煎熬，眼看着自己步入暮景，人生未享却已长逝。

这凄然动人的想法，使我带着一种不乏柔情的憾意，对自己进行反思。我觉得命运不曾给我的东西是命运对我的亏待。卓越的才能既然至死也得不到施展，又何必使我生来俱有呢？我对自己的内在价值产生认识，也让我对不公正有所了解，既使我得到某种宽慰，也使我平时爱淌的眼泪更加流个不停。

那是一年中最美的季节，六月初，在凉爽的树荫下、在莺歌溪流声中我作这番遐想。这一切使我陷入那种富有诱惑力的懒散，这原本也是我的生性所好。但是前一阵长时期的激昂情绪造成我神气冷酷严厉，应该使我永远摆脱这种懒散。不幸我又记起了托纳城堡那次午餐，我与那两位妩媚少女的邂逅，也是这个季节，也是与我此刻相仿的环境。这段往事结合童心无邪，更令我情意绵绵，又勾起其他类似的回忆。不久，看到青春时代曾使我动过感情的对象聚集在我的四周：加莱小姐、德·格拉芬里特小姐、德·布雷依小姐、巴齐尔太太、德·拉那杰夫人、我的漂亮的小学同学，甚至泼辣的、我的心没法忘掉的朱丽埃塔①。我看到自己周围簇拥着一群天仙，我的旧相识，我对她们怀有最强烈的情趣，这对我也不是新奇的感情。尽管我两鬓灰白，热血沸腾了，头脑发昏了，这位日内瓦的庄重公民，这位严肃的让-雅克，年近四十五岁又一下子变成痴心的牧羊人。我感到一种醉意，这感情虽来得迅速，十分疯狂，却很持久和凝重，不等到它把我推向出人意料和可怕的痛苦深渊，是不会叫我清醒的。

这种陶醉不管达到何种程度，还不至于使我忘记年龄和地位，不至于沾沾自喜会引起别人的爱情，不至于妄图叫人感染这团炽烈然而无结果的火——这团火自童年以来就在我心中空烧不已。我一点都不希望，甚至一点都不盼望。我知道爱的时代已经过去了，对老风流的可笑太清楚了就不会失足跌了进

---

① 威尼斯交际花，事迹见于删去的章节。

去。我在青春年代尚且不敢洋洋得意、充满自信，到了暮年怎么会是那样的人呢？此外我喜欢静，害怕家庭风波，对我的泰蕾兹的爱太真诚了，决不要叫她伤心，看到我向别人转移的感情会胜过她引起我的感情。

那么我在这个时期做了些什么？读者只要跟我到了这里就可猜着了。我接触不到真实人物，就闯进了幻想世界；看不到使我发疯的对象，就在理想世界中培养，我那富于创造性的想象力使它立刻充满称心如意的人物。这股源泉从没来得那么及时，喷流得那么丰沛。我神飞思逸，陶醉在最美妙的感情激流中，是哪一颗人心都没有过的。我忘了人间，我与之交往的都是完美无缺的人物，既有美德又有秀容，简直超凡入圣；都是可靠、温柔、忠实的朋友，我在尘世中决计找不到的。我那么喜欢在虚无缥缈中翱翔，身边都是可爱的人物，以致会飘飘然几小时几天而不在意。我忘了其余一切，匆匆吃上一点东西后，心急火燎地跑去找我的小丛林。正要出发上神仙世界去，看到那些可怜的凡夫俗子来把我留在尘世时，既不能抑制，也不能掩盖我的愤懑。失去自制时会给他们非常生硬，甚至可说粗暴的接待。这样使我是个愤世嫉俗者的名声愈来愈响亮，如果人们更好窥测我的内心，我做的事本该让我获得一个相反的名声。

　　一场疾病使他的激情平静下来，但是发生了家庭纠纷。卢梭指责勒·瓦瑟夫人要泰蕾兹疏远他。母女俩串通借了许多债，卢梭蒙在鼓里，后来又不得不偿还。终于霍尔巴赫一伙开始行动，要说服卢梭回巴黎去。

卢梭与伏尔泰

一切都像争先恐后来闹醒我的甜蜜疯狂的梦。我病还没痊愈，这时收到一本诗集，写里斯本的毁灭 ①。心想这是作者寄给我的。这样不得不向他写信，谈论他的诗集。我为此写了一封信 ②。这封信很久以后没有得到我的同意给印了出来，此事将在后面提及。

看到这个可以说被荣华富贵压得很累的可怜人，却愁肠百结诉说人世的苦难，总是认为一切都是恶。我很吃惊，订立一个荒唐的计划请他反躬自省，并向他证明一切都是善。伏尔泰表面笃信上帝，其实从来只信魔鬼，既然他所谓的上帝只是一个作恶多端的家伙，据他说还一贯害人取乐。这种学说的荒谬叫人一目了然，出自一个好事应有尽有的人之口，尤其令人愤慨！他自己身处福中，竭力把自己遭受不到的天灾人祸渲染得阴森可怕，使他的同类悲观绝望。我比他更有资格列举和掂量人生的痛苦，我作出公平的探讨，向他证明所有这些痛苦没有一件可以责怪天意，没有一件其根源不是在于人滥用自己的天资，更多于自然本身的原因。我在信中对他毕恭毕敬，仰慕不已，十分讲究分寸，我敢说丝毫没有违礼。可是知道他的自尊

---

① 1755 年 11 月 1 日，里斯本连续遭到地震和海啸，三万人丧生，大批建筑坍毁，这场浩劫举世震惊。欧洲学术界从哲学、从神学观点广泛讨论天灾、上帝的作用、世界的善与恶等问题。此诗系伏尔泰的《里斯本惨剧》。但把书寄给卢梭的则是鲁斯丹牧师。

② 系指 1756 年 8 月 18 日寄出题名为《上帝论》的那封信，事见第十章。

心极为敏感，我不把这封信寄给他，而寄给他的医生和朋友特隆香大夫，他可以按照他认为最适当的方法全权处理，把信转交或者撕掉。特隆香把信送了去。伏尔泰回了一封信，寥寥几行，说有病在身，又要照看别的病人，改期另复，对问题本身只字不提。特隆香给我送回信的同时，附了另一封信，信中对托他转达此信的人也颇有微词。这两封信我从来没有发表，甚至没有向人出示过，我不爱夸耀这类小小的胜利。但是原信还在我的信札里（甲札，第二十、二十一号）。后来，伏尔泰发表了他答应给我的那个答复，但是没有寄给我。不是别的，就是那部小说《老实人》，我没法谈，因为我没读过。

从梦想到文学：《新爱洛伊丝》的产生

所有这些分心事，原本可以根治我的癫狂的相思病，这也许还是上天赐给我预防悲惨后果的一个方法。但是我的恶煞星比什么都强，我刚开始出门，我的心、头脑、脚又走上了原路。我说原路，是从某些方面来看的：因为我的思想没有以前那么亢奋，这次是留在地上，但对尘世各类可爱事物的选择那么精心，以致精华部分照样荒诞不经，不见得输于舍弃的幻想世界。

我把心中两个偶像——爱情与友谊——塑造成最动人的形象。我乐意把我崇拜的一切女性美都装饰在她们身上。我幻想的是两位女性朋友，不是男性朋友，因为这种例子更少，也更可贵。我赋予她们两个相似然而不同的性格；两个不是完美然而我中意的外貌，仁慈多情，容光焕发。我让一位是棕发，一位是金发；一位活泼，一位温柔；一位明智，一位软弱，但是软弱得令人同情，更显得贤淑。我让其中一位有情人，而这位情人又是另一位的密友，还不止这些。但是我不容许争宠、嫉妒、口角，因为想到任何难堪的感情都叫我痛心，不愿用败坏天性的事物使这幅喜气洋洋的图画失去光彩。我爱上这两位妩媚的理想人物，自己也尽量做到与那位情人兼朋友保持一致，使他可爱年轻，还加上我自觉具备的美德与缺点。

为了把我的人物放在一个适合他们的环境中，我逐一回顾旅行中见到的最美的地方，就是找不到一座足够青翠的丛林，一片足够令我迷恋的景色。要是见了塞萨利①山谷我或许会满意的。但是我的想象力创造得累了，需要一块真实的地方作为支撑点，并使我对我安排在那里的居民的真实性产生幻觉。我很长时间想到的是波罗美岛，岛上景色美丽使我激动不已，但是觉得对我的人物来说过于浓艳，过于雕琢。我还需要一个湖泊，终于选定我的心不断在其周围徘徊的那个湖。我还确定在湖边的部分，长久以来我在想象中祝愿自己幸福地居住在那里，命运倒也只是让我在想象中幸福而已。可怜的妈妈的出生地②依然吸引我对它偏爱。岛上地貌对比强烈，景点丰富多彩，全景辉煌壮丽，它取悦官能，打动心弦，使灵魂高尚，我终于下决心让我的男女主角住在韦维。这是灵感乍来时的构思，其余则是以后的铺陈了。

---

① 塞萨利，希腊北部山区，希腊诗人、拉丁诗人，尤其维吉尔，吟诗盛赞其青翠幽美的风景。
② 德·华伦夫人生于莱芒湖上的韦维。

很长时间这只是一个模糊的计划，因为这样就可使我的想象力充满愉快的对象，使我的心灵充满我乐于培育的感情。这些虚构的情节由于多思最后也取得更多的实质，在我的头脑里确立成为明晰的形象。那时我浮想联翩，在纸上写下虚构的情景，回忆青年时代的种种感受，也可说以此激起我未能满足而感到灼心的爱的欲望。

起初挥笔写下几封零星的书简，既不联结也无下文，想要把它们连贯起来常常感到无从下手。令人难信然而千真万确的是前两章几乎全是这样写成的，没有既定的计划，甚至没有料到有一天要把它写成一部合乎规则的作品。所以人们看到这两章的内容，原来不是用在这里的，后来经过删改，充满冗长的补白，这在其他几章是没有的。

正当耽于甜蜜的梦幻时，我接待了一位来客杜德托夫人。这是她一生中第一次拜访，不幸不是最后一次，事情看下去便会明白。杜德托伯爵夫人是已故税务总监贝勒加德先生的女儿，德比内先生、德·拉里弗先生和德·拉布里奇先生的姐妹，后两位后来都当过大使馆的礼宾官。我说过我在她出嫁前认识她。从她结婚以后，我只有在舍弗莱特的宴会和她嫂子德比内夫人家见过几回。不论在舍弗莱特或埃比内，多次与她相处好几天，不但觉得她总是非常可爱，而且相信看到她对我也有好感。她相当喜欢和我一起溜达，我们两人都很健步，谈话滔滔不绝。可是我从没有在巴黎见过她，尽管她多次邀请甚至恳请我去。她与德·圣朗贝尔先生的关系使我觉得她更有意思，我与那位先生也有往来。她是为了向我报告这位朋友的消息，才来隐庐看我的，我想他那时候正在马翁。

这次访问有点像小说的开头。她在途中迷了路。她的车夫离开那条拐弯的路，要从克莱沃磨坊直穿到隐庐。马车在谷底陷进泥淖，她要下车，步行走完其余的路程。她精致的鞋立刻磨穿了，她陷在泥里，仆人费了九牛二虎之力把她拽出来，最后她穿着大靴子到了隐庐。她爽朗的笑声荡漾空中，我看到她这样子来也与她笑在一起了。她全身要换，泰蕾兹取出自己的衣服，我请她屈尊尝尝粗点心，她吃了觉得不错。天晚了，她待了没多久。但是这次见面她那么高兴，提起了兴致，好像准备再来。可是她等到来年才实行这个计划。但是，唉，迟了那么久也没能保证我平安无事。

卢梭决定在隐庐过冬，引起狄德罗和霍尔巴赫一伙人挖苦讽刺。但是他满心情意绵绵，毫无所动。

顾虑重重的时刻

当严冬季节开始把我锁在房里时，我欲恢复做我的室内工作，但是办不到。我到处看到的是两位迷人的女友 ①，她们的男友，她们的至亲好友，她们居住的小岛以及我的想象力为她们创造与美化的东西。我一刻也不能控制自己，终日六神无主。做了许多努力，但是没能摆脱这些虚像，终于完全被它们迷住

———————————

① 指《新爱洛伊丝》中两位女主角朱丽和克莱尔。

了，就专心整理和补缀，把它们写成一部小说体的书。

最大的难处是羞于这样明白地、公开地自我否定。不久前我还在鼓吹要建立一丝不苟的原则，大肆宣扬严肃的箴言，多次刻薄攻击谈情说爱、软绵绵的书籍。而今看到自己一下子亲笔注册登记，加入我那么严厉批评的作品的作者行列，岂不令人大出意外，深感惊讶？我意识到这种出尔反尔的荒谬性，为此责备自己，为此脸红，为此气恼，但是这一切不足以使我回到理智。我完全不能自拔，不惜冒任何风险，决心迎候他人的风言风语，只是在以后再去考虑下不下决心公开我的作品，因为我还没想最后把它送去出版。

主意拿定，我就一头钻入了我的梦幻。梦幻在脑海中盘旋多次后，形成一个大致的计划，计划的实施是有目共睹的事了。这肯定是我的痴情所能产生的最佳结果：在我心中从没流露过的对善的热爱，把我的痴情转向到有益的目标上，道德也从中得到了好处。我的冶艳的图画如果缺少了清白无辜的温情色彩，就会失去原有的优美雅致。一位弱女子是怜悯的对象，有了爱情也令人同情，经常还不失去她的可爱。但是谁能压住怒火而默默忍受时下的风尚？还有什么比荡妇的傲慢更令人义愤填膺？她公开践踏做妻子的一切职责，声称丈夫应该感激涕零，因她居然给他面子没有被人当场双双抓住。十全十美的人在自然中是不存在的，他们的教育对我们来说高不可攀。但是一位年轻女子，心地生来温柔诚实，未婚时被爱情征服，成亲后恢复力量又征服了爱情，重新成为一位有美德的人。谁跟你说这幅图画总的来说伤风败俗，于人无益，那他就是个说假话的伪君子，你别去听他的。

除了维护风尚与家庭忠诚这个根本上与社会秩序息息相关的目标外，我还对它抱有一个更秘密的目标：群体的和谐与公众的安定。这目标本身更伟大、更重要，至少在目前所处的阶段来说。《百科全书》掀起的风暴不但没有平息，还正闹得翻江倒海 ①，两派以最大的愤慨攻讦对方，更像发疯的狼似的咬来咬去，而不像基督徒、哲学家那样相互切磋，说服对方，共同走上真理的道路。可能双方都缺少一呼百应、深孚众望的领袖人物，才陷入了内战。一场宗教内战会产生什么后果，上帝明白，内战残酷不讲宽容，这在双方心底都是一样的。我生来仇视一切宗派主义，曾对双方坦率说出一些严酷的真理，他们都不听。我想出另一种方法，天真地觉得妙不可言，就是消除偏见来缓和他们的相互仇恨，向双方指出各自的优点与品德，而这些值得大家的钦佩和众人的尊重。这个计划的不明智之处是认为人都是有诚意的，这下使我犯了我责备圣彼得本堂神父的那种错误，也得到了应得的报应。它没有使两方接近，反而使双方联合攻击我。在经验还未使我感到自己是在发疯以前，我敢说我全力以赴，热忱可嘉，符合启发我这样做的动机。我描述了沃尔玛和朱丽两种性格 ②，美滋滋地希望把他俩写成可爱

---

① 1758 年，达朗贝尔解散《百科全书》编辑班子，日内瓦抗议达朗贝尔《日内瓦》一书的出版，爱尔维修《论精神》一书遭禁，《百科全书》特权取消，这一切使这场论战白热化。

② 《新爱洛伊丝》中沃尔玛与朱丽是一对夫妻，他是无神论者，她是信徒，两人都慷慨豪放。卢梭以此表示交锋的哲学流派相互接近的愿望，从双方的立场去做都可达到同样的伟大品德。

的，尤其是相得益彰的可爱人物。

　　冬天静悄悄过去。卢梭忙于撰写《朱丽》，跟德比内夫人亲切来往。然后春天又来了，杜德托夫人出其不意地拜访卢梭，她美貌动人，给他带来了不幸。

爱情的产生

　　她来看我了，我猜有点儿是由于说话投机，更多是为了取悦圣朗贝尔。他敦促她这样做，有理由相信在我们中间开始产生的友谊，会使我们三人交往都很高兴。她知道我了解他们的来往，跟我谈起他时可以不用感到拘束，自然喜欢跟我待在一起。她来了，我看见她了；我正陶醉于没有目标的爱情；这种陶醉之情迷惑我的眼睛，这个目标就确定在她的身上；我把杜德托夫人看成了我的朱丽，不久看到的只是杜德托夫人，还是秀外慧中十全十美，我不久前对我的心灵偶像就是这样好上加好的。她跟我谈圣朗贝尔，像个热恋的情人，这下又把我害苦了。爱情的感染力啊，我听着她说话，感到她在身边，骤然全身一阵惬意的震颤，在其他人面前从未有过这种体验。她说话，我觉得感动；我以为只是对她说的感情产生兴趣，其实我自己产生了类似的感情。我吞下大口大口的苦酒，感到的只是它的甘美。总之，我懵然不知，她也懵然不知，她对她的情人表示的感情引起我对她产生同样的感情。唉！这太晚了，这是在为一个心中另有所恋的女人，无情地燃烧一种既强烈又不幸的情欲。

尽管在她身边感到异常冲动，起初并没发觉自己心中发生了什么。只在她离开后要去想朱丽，才惊讶自己能想的只是杜德托夫人。那时我的眼睛睁开了，我感觉自己的不幸，为此痛苦呻吟，但是没有预见这件事的下文。

应该如何对待她，我为此迟疑了好久，仿佛真正的爱情还能让足够的理智去深入辩论似的。我还举棋不定，她却给我来个措手不及。那时候我明白了。罪恶的伴侣是羞耻，使我在她面前哑口无言，全身发抖，不敢张口，不敢举目；我说不出的慌乱；她不看到是不可能的。我决定向她直认不讳，并由她去猜其中原因，其实这已说得够清楚的了。

如果我年轻可爱，杜德托夫人又心地软弱，我会在这里责备她的行为！但是完全不是这么一回事，我只能赞扬她，钦佩她。她做出的决定也是一个慷慨谨慎的决定。她不能突然疏远我而不向圣朗贝尔说明理由，因为是他约请她来看我的。这样会引起两位朋友断交，或许大闹一场，这是她不情愿看到的。她对我既敬重又充满善意。她怜悯我的痴情。她不迎合我，却表示惋惜，努力要把我治愈。她高兴为情人和自己保留一个值得尊重的朋友。她对我不谈别的，而是兴高采烈地谈如果我恢复理智，我们三人会形成多么亲切甜蜜的关系。她并不总是只作友好的鼓励，必要时也不会放过机会让我听上几声我罪有应得的呵责。

我更没有少呵责自己，独自一人时就进行反省。话说出口后心才归于平静：爱情在向引起爱情的人表白以后，变得容易忍受了。如果事情可能办到，我责备自己的爱情所使用的力量应该可以治愈我的爱情。为了窒息我的爱情，我向哪一条大道理没有呼救过！我的风俗，我的感情，我的原则，羞耻心，不忠诚，犯罪，辜负朋友的信托，我这一大把年纪还为一个另有所爱、不会对我以情还情、不会给我一丝希望的女人燃烧荒诞不经的情欲。此外，多余的情欲持久不去不但毫无所得，反因拖延而日益不堪忍受。

谁会相信，最后那个考虑原来应该增添其他考虑的分量，却把它们都一笔勾销了。我还想既然痴情只对我个人有害，又何必存什么顾虑呢？我难道是一位年轻骑士，还叫杜德托夫人那么害怕？看到我自命不凡的悔恨，人家还会说是我的殷勤、仪表、装束快把她迷住了么？唉！可怜的让-雅克，你怎么爱都行，尽可以心安理得，别担心你的叹息会损害圣朗贝尔。

人们看到，就是在青年时代我也不是优异出众的。这种想法在我的头脑里盘旋，它挑动我的情欲，就这样也够我毫无保留地沉溺其中，甚至嘲笑被我认为出自虚荣甚于出自理智的荒唐顾虑。罪恶从不明目张胆地攻击诚实的灵魂，而是想方设法袭击它们，还总是戴着诡辩的面具，有时也戴着道德的面具，这对诚实的灵魂又是多么大的教训！

　　卢梭就这样沉溺在情欲中并不内疚。杜德托夫人给他友谊，时常来看他。但是这些来往惊动了社交界，圣朗贝尔风闻其事，责备他的情妇。是不是德比内夫人——照卢梭的说法她是吃醋了——写信给他的？圣朗贝尔也责备他，接着书信来往，两人差点绝交，后来又和解了。可是另一场纠纷又登场了。狄德罗把最新写成的《私生子》寄给他，卢梭看到其中一句认为是影射他的："唯有坏人才孑然一身。"他写信给他的朋友，埋怨他的恶意，接到一封模棱两可的回信。这场纠纷终于以脆弱的和解结束。圣朗贝尔从军队归来，友好地对待卢梭。但是格里姆住进了德比内夫人的家，俨然像个主人，把卢梭当做受气包。一七五七年秋，德比内夫人要去日内瓦向特隆香大夫求诊，请卢梭陪她前去，卢梭拒绝，各人都来劝说。卢梭忍无可忍，正式逐出勒·瓦瑟夫人，因为每次纠纷她都有份。他并决定离开隐庐。德比内夫人听之任之。一名财政官员马达先生在蒙路易有一幢小屋，建议他去住。一七五七年十二月十五日，住了二十个月后，卢梭又离开了他一度当作终老之地的蒙路易。

第十章

（1757 年 12 月—1760 年 12 月底）

卢梭继"头脑一时发热"后离开了隐庐。在蒙路易刚住
下就垂头丧气，跌进了幻灭的深渊。精神颓唐又加疾病缠身，
他深信是狄德罗，尤其是格里姆和那时在日内瓦的德比内夫
人串通一气要损害他的名誉。

影壁

我在全欧洲已经赫赫有名，依然保持早年崇尚的淳朴无
华。对一切所谓党派、集团、钩心斗角都深恶痛绝，使我保持
自由、独立，除感情的依恋以外没有其他的羁绊。我一个人，
身处异国，孤立无援，无室无家，只依靠我的原则与职责，奋
勇地走上正直的道路，对任何人不谄媚、不姑息而有损于正义
与真理。此外，两年来深居简出，不通消息，不与社交界来
往，对什么都不闻不问。离巴黎只四里，然而闲情逸致，使我
与这个首都犹若远隔重洋，住在提尼亚岛①上。

格里姆、狄德罗、霍尔巴赫则相反，他们处在旋涡中心，

---

① 太平洋中一座小岛。

出入高门大宅，一切领域差不多都是他们三人的天下。显贵、才子、文人、司法官、妇女，他们相互配合，说话到处有人听。团结一致的三个人从这样的地位，去攻击处在我这样地位的第四个人，会占有什么样的优势，大家看得一清二楚。诚然狄德罗和霍尔巴赫不是（至少我这样相信）那种搞阴谋诡计的人，前一个无此恶意，后一个无此狡黠。但是惟其如此，这是个搭配齐全的班子。格里姆一人动脑筋出主意，向其他两人只透露他们看到就能配合实施的那一部分内容。他对他们发号召，很容易使他们同心协力去做。全盘的效果完全符合他高超的才能。

就凭这种高超的才能，他觉得他能够利用我们各人的地位去得到好处，计划要彻底破坏我的名声，给我制造一个完全相反的名声，又不用把自己牵连在内。做法是首先在我周围建造一道影壁，使我不能凿开这道影壁去窥破他们的把戏，去揭露他们的真面目。

这项工作并不简单，因为必须不让伤天害理的事落入参与者的眼帘。必须欺瞒正直的人，必须把我与众人隔开，不让我接触任何朋友，生疏的与熟识的都不行。不止这些！还必须不让一句真话传到我的耳里。如果一位正人君子来对我说："您装得道貌岸然，可是外面人家怎么对待您，怎样议论您，您有什么要说的吗？"真理就会胜利，格里姆落得一场空。他知道这点，但是他探索过自己的内心，掂算过各人的斤两。为了人类的荣誉，我深深遗憾他竟算计得那么准。

他在这些地道里走路，步子要走得稳就必须走得慢。他依他的计划行事已经有十二个年头了，最困难的部分还有待于完成：这就是迷惑全体人。有几双眼睛严密盯住他，是他没料到的。他害怕这点，还不敢把他的计划大白于天下①。但是他找到了一个不太困难的方法，把权势人物引了进来，这位权势人物支配着我。得到了这个支持，他前进的风险就会小些。权势人物的爪牙平时就不以正直，更不以坦诚而自豪，他就不用害怕有哪个正派人会泄露风声。因此他特别需要在我四周隔一道不透风的影壁，让他的阴谋背着我进行，他很清楚不论他的机关设计得多么巧妙，瞒不住我这个明眼人。他的本领就高明在一边诋毁我，一边装得顾全我，使他的背信弃义看来倒像是慷慨大度。

尽管两人意见相左，狄德罗还是时常拜访他。这样卢梭获知达朗贝尔写的关于日内瓦的那篇文章，他立刻准备论战，这就是后来那封《与达朗贝尔论戏剧的信》。他在蒙路易建立了一些关系，认识了图书局局长德·马勒泽尔布，这位局长保护他，促成他的作品出版。由于这位重要人物的保护，有人给他在《学者报》社保留一个位子。但是在此期间，他与杜德托夫人和狄德罗正式绝交，决定放弃文学。

---

① 我写完这段话后，他跨过了这一步，得到最圆满、最不可思议的成功。我相信这是特隆香给了他勇气与方法。（卢梭原注）

退休计划

这项建议来得不是时候，叫我无法接受。因为若干时日以来，我在制订计划要完全退出文坛，尤其不当职业作家。不久前的遭遇使我对文人作家厌恶之至。我早体会到，要从事同样工作而不跟他们联系，这是办不到的。对社交界人士的看法也不见得稍好，对我前一阵过的两重生活——一半属于自己，一半属于我格格不入的社交圈子——意见也是如此。我一贯经验，这时候又更感到，一切非对等的交往总是对弱势者不利。跟生活阔绰、与我自选的地位不同的人一起，我就是没有他们那样的排场，也不得不在许多地方摹仿他们。有些小花费对他们微不足道，对我却是省又省不下，花又花不起。别人到一幢乡村别墅去，不论在宴席上或卧室内，都有自己家的仆侍候，他有什么需要，差遣仆人去做，跟主人的仆人没有直接接触，甚至从不照面，什么时候和怎样给他们赏钱全凭自己高兴。但是我一人没有家仆，完全听命于主人的仆人，要想不受气，就必须得到他们的欢心！既然他们把我看作与主人平起平坐的人，我就要像与主人平起平坐的人那样对待他们，甚至比别人还要好一些，因为事实上我也更需要他们。仆人不多倒也罢了，但是我去的人家都是仆从如云，个个很傲慢、很狡猾、很机灵，我说是为他们自己的利益才那样。那些刁仆更知道怎样做得让我一刻不停地需要他们大家。巴黎的太太聪明伶俐，在这方面则毫不知情，她们要为我省钱，却弄得我破产。如果我上人家那儿吃饭，路程稍远一点，女主人决计不许我叫人雇辆马车，非要套马派车送我回家。她很乐意给我省下二十四苏的车费，却没想到我在仆人和马车夫身上花了一埃居①的赏钱。有一位太太从巴黎写信给我寄到隐庐和蒙莫朗西，她舍不得我为一封信付出四苏的邮资②，派了一名当差送来。当差走得满头大汗，我赏他一顿饭和一埃居，他赚这钱也理所当然。如果她邀请我随她去乡间过上一两个星期，她心里会说：让这个穷小子也可省一笔钱，在这期间伙食不花他一个子儿。她没有想到就在这期间我不能工作。我的家用、我的房租、我的内衣、我的服装却不少花，我给理发师的钱要多两倍，在她家花的总比在自己家花的还多。我虽然只对常去的几家赏些小钱，已使我不胜负担了。我可以保证在奥博纳的杜德托夫人家足足花了二十五埃居，其实只住了四五夜；在埃比内和舍弗莱特超出了一百皮斯托尔，那是去得最勤的五六年间。这些花费对我这样脾气的人是不可缺少的，我什么也不会自理，不会取巧，又受不了看到仆人嘀嘀咕咕，虎着脸侍候你。就是在杜平夫人家，我也是为这家人工作的，我给仆人不知做了多少事，要他们做事我就少不了掏钱。后来我的处境不允许我再给这些小赏赐，只得完全放弃，那时候他们更使我难堪地感到与地位不同的人来往是多么的不适当呀。

　　如果这种生活合我的心意倒也罢了，花大钱使自己过得舒

---

① 一埃居相当六十苏。
② 按当年法国邮政，由收信人接到信时付邮资。

服也可聊以自慰。但是倾家荡产讨苦吃，实在令人受不了。我深感这种生活方式的压力，以致那时出现一段自由的空隙时间，我不放过它，还决心永远使它延续下去，完全谢绝上层社交，放弃著书立说，退出文学活动，让我余生关在我觉得生性爱好的狭窄而和平的小天地里。

在隐庐时花了我不少钱，《给达朗贝尔的信》和《新爱洛伊丝》两书的收入稍稍改善了我的经济。眼前还可得到一千埃居。《新爱洛伊丝》完稿后，立即着手写《爱弥儿》，进展很好，稿酬至少是这笔数目的两倍。我订计划安排这笔款子，以便有一笔小小的年金，加上誉写工作，可以不必再依靠写作维持生计。手头还有两部作品，第一部是《政治制度论》。我检查写作进度，觉得还需要工作好几年。我没有勇气等到写完这部书后再实施我的决心。于是决定放弃作品，抽出其中独立成章的部分，然后烧毁其余章节。我发奋做这项工作，同时不中辍《爱弥儿》的写作，不到两年时间把《社会公约》全书杀青。

还剩下《音乐词典》。这是一项费功夫的工作，可以在任何时间编写，目的完全在于稿酬。我对其他收支合计后，看这笔收入必不可少还是纯属多余，根据这情况决定放弃还是完成，全随自己心意。《感性伦理学》还处于提纲阶段，我干脆抛开不干了。

要做到一点不依靠誉写乐谱，我还有最后一招，那就是离开巴黎。在巴黎人来人往开支庞大，还侵占养家活口的时间。为了退休后不遇到常说的作家不创作陷入的苦闷，我安排写点东西，可以调剂寂寞无聊的孤居生活，然而并不企图在生前付梓。我不知道雷依①怎么会心血来潮，长期以来一直催我写一生的回忆录。虽然回忆录直到那时所记的经历本身并不精彩，但我觉得若能坦诚来写就会成为一部精彩的书。我决心用绝无先例的真实性写出一部独一无二的作品，好让世人总算有这么一次看到一个人的内心世界。我总是暗笑蒙田的假天真，他装得像在承认自己的缺点，其实细心地举出一些可爱的缺点。我一直相信，现在还相信，总的说来自己是一个最好的人，还觉得一个人内心不管如何纯洁，没有不隐藏一些可憎的罪恶。我知道有人在公众面前把我描绘得那么不像我自己，有时甚至那么歪曲，我就是把我的坏处统统说出来，把我的真面目说得实事求是，还是对我有利的。此外，这样做的同时必然要让大家看到其他一些人的真面目，因而这部书只能在我故世后，许多其他人也故世后发表，这更使我有胆量写我的忏悔录，不用为它在人前脸红。于是决心把闲暇用于撰写这本书，着手搜集书信资料，能够指引和唤醒我的记忆，又深深惋惜在那时以前撕掉、烧毁和失落的一切。

这个绝对退隐计划是我这生中最合情理的计划之一，深深印在我的思想里，我已经为它的实施而工作。这时，上天却在给我安排另一个命运，把我抛入旋涡的中心。

---

① 马克·米歇尔·雷依：阿姆斯特丹出版商，卢梭主要作品的编辑。

德·卢森堡元帅和夫人在蒙莫朗西小住时，约请卢梭去看他们。因为蒙路易的房子需要修理，他们向他建议住到他们花园中央一幢孤立的房子里，名叫"小城堡"。让-雅克心动了，同意去住。他屡次去看望他的主人，给元帅夫人朗读《新爱洛伊丝》。蒙路易修理工作结束，他在两个住所轮流留宿。但是他的不安心情使他变得多疑，甚至对他的主人也是如此，在他们的家有时感到局促。德·卢森堡夫人配合德·马勒泽尔布负责《新爱洛伊丝》与《爱弥儿》的出版。可是他与伏尔泰的关系渐趋恶化。

一场文学争论

这时还有一件事，促使我给伏尔泰写最后一封信。这封信使他大喊大叫，仿佛对他是一种恶毒的侮辱，但是他又从不把信给任何人看。我在这里代替他做他不愿做的事。

特吕勃莱神父①我有点认识，但很少见面，一七六〇年六月十三日他写信告诉我（信札，第十一号），他的朋友通信人福尔曼先生②在他的报上刊载了我给伏尔泰的信，讨论里斯本的灾难。特吕勃莱神父想知道这封信是怎样刊登出来的，并用狡黠虚饰的漂亮话问我对重印这封信的意见，又不说出自己的意见。我向来痛恨这类滑头，我向他表示应有的感谢，但是口气严峻，他感觉到这一点，依然写了两三封信花言巧语安抚我，

---

① 特吕勃莱神父（1697—1770），德·马勒泽尔布手下审查处职员。1761 年进法兰西学院。
② 让·福尔曼（1711—1797），德国牧师、作家，经常撰文攻击百科全书派。

直至探听到他要知道的一切情况。

我清楚地知道，不管特吕勃莱说什么，福尔曼决没见到这封刊登的信，首次付印就是他干的。我深知他是个不讲廉耻的剽窃者，把别人的稿酬毫不在乎地放进自己的腰包，虽然他还没有无耻到令人难以置信的地步，在出版的书上抹去作者的名字，写上自己的名字出售谋利①。但是信的原件他怎样弄到手的呢？问题就在这里，然而不难解决，就是我不好启齿。虽然那封信对伏尔泰推崇备至，我若不得到他的同意就公之于众，尽管他自己的做法不老实还是有理由表示不满的。我决定写信跟他谈这件事。下面就是这第二封信，他没有答复，为了更痛快地发泄他的粗暴脾气，还装得这封信叫他气恼，甚至发火的样子。

致蒙莫朗西　一七六　年六月十七日

先生，我原不想再与您通信。但是听说我在一七五六年给您写的那封信在柏林出版了，我应该向您表白我在这方面的做法，我将实事求是地、扼要地履行这一职责。

那封信确是写给您的，但绝不是用于出版的。我也有条件地把那封信寄给另外三人，友谊的权利不允许我拒绝向他们做这一类事，同样的权利更不允许他们爽约去任意处置他们保存的私函。这三位是杜平夫人的儿媳德·舍农索夫人、

---

① 后来他就是这样把《爱弥儿》据为己有的。(卢梭原注)

杜德托伯爵夫人和一位名叫格里姆的德国人。德·舍农索夫人希望这封信出版，征求我对这事的同意。我对她说这取决于您是否同意。这件事问过您，您拒绝了，后来也就不再提了。

可是特吕勃莱神父，我与他素无往来。他出于真心诚意写信给我，说福尔曼先生寄给他几页报纸，在报上他读到这同一封信，并附一则按语。按语是编者在一七五九年十月二十三日写的，说几星期前他在柏林的书店发现这封信，因为这是一张活页纸，一经散失不可复得，他相信应该让它登上自己报纸的版面。

先生，这就是我知道的一切。可以很肯定的是直到此刻，在巴黎还未听说有谁议论过这封信。可以很肯定的是落入福尔曼先生之手的东西不论是手抄还是铅印的，只可能来自您。这又不很像，那么就来自我刚才提到的三个人中的一个。也可以很肯定的是两位夫人不可能做出这种不讲信义的事。我从我的隐居地不可能获得更多情况。您有广泛的联系，如果事情值得一查，依靠您的联系溯流穷源，显然不难水落石出。

在同一封信中，特吕勃莱神父向我指出，他留着那张报纸，不得到我的同意决不出借，对此我肯定是不会同意的。但是这份报纸在巴黎决不可能只此一份。我希望，先生，这封信不在这里发表，我将尽力而为。但是如果我不能避免这事发生，如果我及时得到通知可以有优先权，我会毫不犹豫地自己把它付印。我觉得这样做既公正又自然。

至于您对那封信的答复，我不曾给任何人传阅。您可以放心，我不经您的同意决不会付印的，我也决不会冒昧向您提出要求，因为我深知一个人写给某人看的东西，不见得对公众也会写。但是您若愿意另复一封以供发表并把它寄给我，我答应您将忠实地把它与我的信附在一起，一个字也不反驳。

我一点不爱您，先生，我是您的学生，您的热心人，您却给我造成最令我痛心的苦难。日内瓦给了您居留权，您却断送了日内瓦；我在我的同胞中间给您招来了喝彩声，您却使他们避开我。是您使我在自己国家待不下去，是您使我死在异国他乡，得不到要在暮年的各种安慰。唯一的荣誉是被遗弃在垃圾堆里，而您自己却在我的国家享尽人间一切荣誉。我恨您，不错，既然这是您自己愿意。当初只要您愿意，我会更加爱您，如今我作为这样的人恨您。我心中曾对您充满各种感情，如今留下的只有对您的绝世天才的由衷钦佩和著作的热爱。如果我对您的崇拜只限于您的多才，这不是我的过错。我对多才的人决不失去应有的敬意，以及这敬意所要求的礼数。

德·孔蒂亲王来看卢梭，这位宗室亲王平易近人，使卢梭心向往之。可是卢梭有一次对他失礼，立刻后悔不已：亲王差人送他几筐野味，让-雅克写信给亲王的熟人德·布弗莱夫人，说今后不再接受类似的礼物。这一章以这次认错作为结束。卢梭声称他缺乏资料往下写，只能"摸索着"往前走。

第十一章

（1760 年 12 月—1762 年 6 月）

《新爱洛伊丝》的成功

《朱丽》虽然早就付印，到一七六〇年底还不见问世，但已开始引起议论纷纷。德·卢森堡夫人在宫里，杜德托夫人在巴黎，都谈到这本书。后者甚至还得到我的同意，由圣朗贝尔用手抄本在波兰国王驾前朗诵，国王听了非常欣赏。我也请杜克洛念过，他对法兰西学院谈起过它。全巴黎都急于要看这本书，圣雅各路和王宫书店被打听消息的人团团围住。它终于出版了，它的成功跟往常不一样，没有辜负人们期待的热切心情。太子妃读了前几章，与德·卢森堡夫人谈论时，把它看作一部绝妙的作品。文人学士褒贬不一，但是在社交界只有一种意见，尤其妇女，对书和作者都入了迷，以致即使在最高层，我若敢于尝试，很少人不会为我倾倒的。我有证据，但不愿写出来，它们不需要有了实践才可证实我的看法。说来奇怪，这部书在法国比在欧洲其他国家轰动，虽然书中对法国人——不论男女——并不怎么客气。与我的预料完全相反，最不成功是在瑞士，最大成功是在巴黎。友谊、爱情、美德难道在法国比在其他地方更占地位？当然不，但是在那里占地位的是这种美妙感情，它使人心向往它们的形象，使我们珍惜自己已没有而他人尚具备的纯洁、温柔与诚实的感情。今天到处是一样的腐化堕落，风化与道德在欧洲已不复存在，但是如果说还存在一些对风化与道德的爱慕之心，那要到巴黎来找①。

应该学会透过众多的偏见与虚情假意去分析人心，才能理清其中自然的真正感情。我敢说必须经过上流社会的熏陶而养成的精致老练，才能体味这部作品内弥漫的细腻感情。我不怕把第四部分与《德·克莱弗公主》②相比。我要说这两部书由外省人来读，可能体会不出它们的全部价值。我这部书在王宫内获得最大的成功是不足为奇的。满篇文字活泼生动，然而含蓄不露，宫里的人会喜欢，因为他们素有训练，深知其中奥秘。可是这里还要区分。这部书肯定不适宜这类才子阅读：他们眼里只有尔虞我诈，体察恶事的时候精乖灵巧，遇到善事的地方则闭目塞听了。倘若《朱丽》在我心中想的某个国家出版，可以肯定无人卒读，它一出世便会夭折。

关于这部作品，我收到许多信件，其中大部分集订成册后现在德·那达依亚克夫人③手中。万一这本书信集有机会问世，可以看得到许多稀奇古怪的言论和针锋相对的评论，说明跟社会大众打交道是怎么一回事。有一点是很少见的，也使这部作品成为独一无二的作品，那就是满篇题材单纯、意趣盎然。全

---

① 这些话我写于1769年。（卢梭原注）
② 法国女作家拉法耶特夫人的名作，以细腻的心理描写著称。
③ 受托保管卢梭书信文件的高曼-封丹女修道院院长。

书六卷，围绕三位人物，没有穿插，没有传奇历险，人物与情节没有任何形式的邪念，读来始终引人入胜。狄德罗对理查逊[①]大加赞扬，说他的场面层出不穷，人物众多复杂。理查逊确有长处，情节人物描写生动而有特色。但是以数取胜，那是他与最平庸的小说家的通病，用人物与奇遇填补他们思想的贫乏，不断推出怪事件和新脸孔，像走马灯上的人物团团旋转来吸引注意力，那是容易办到的。但是不用奇事怪闻而能使注意力集中在同一些人物身上，这要困难得多。在一切条件相等的情况下，题材单纯更能增添作品的美，理查逊的小说在其他许多方面胜人一筹，但在这方面就无法与我并驾齐驱。这部书是死了，不错，我知道，我还知道死的原因，但是它会重生的。

我的全部担心是情节发展过于单调，会显得沉闷，怕不能把读者的兴趣维持到最后。有一件事使我放了心，那比这部作品给我赢得的所有赞誉还要使我飘飘然。

这本书出版正逢狂欢节开场。那天歌剧院开舞会，书商把书送到德·塔尔蒙王妃[②]那里。晚宴后，她叫人给她换装要去参加舞会。她一边等一边开始阅读这部新小说。到了半夜，她命令备马套车，但是继续阅读不止。有人向她禀报车已备好，她没有答话。她的仆从见她忘了时间，又来报告说已经半夜两点。"没什么着急的。"她说，还是继续念。过了一会儿，因为

---

① 塞缪尔·理查逊（1689—1761），英国作家，狄德罗欣赏他的作品如《帕美勒》《克拉丽丝·哈罗》。1762 年发表《理查逊赞》，对他推崇备至，引起卢梭批评。
② 后来我知道不是她，是另一位贵妇，我不知她的姓名，但保证确有其事。（卢梭原注）

她的表停了，她摇铃问几点钟。有人对她说四点了。"这样说来，"她说，"去舞会太晚了。把我的马卸了吧。"她叫人给她卸妆，然后一直读到天亮。

自从有人告诉我这件事后，我一直有心要见德·塔尔蒙夫人，不但要向她打听是否真的有这件事，还因为我向来相信一个人要是没有第六感觉——就是精神的感觉——是不可能对《新爱洛伊丝》产生那么强烈兴趣的，很少人的心生有这种感觉，没有这种感觉的人决不会了解我的心。

我之所以得到妇女那么青睐，是因为她们深信我是在写自己的故事，我就是小说中的主人公。大家心里都这样相信，以致德·波里尼亚克夫人写信给德·弗德林夫人，求她要我答应给她看一眼朱丽的肖像。人人深信没有体验过这样的感情是不可能表达得那么生动的，只有根据自己的心才会描写出如此炽烈的爱情。这点人们是有道理的，的确我写这部小说时全身灼热，似痴如醉。但是以为非要有真正的对象才这样似痴如醉，那是错了。人家绝没想到我会为幻想中的人物内心燃烧。然而，要没有青春的回忆和杜德托夫人，我对种种爱情的体会和描写就会是虚无缥缈的了。误解对我有利，我也就既不证实也不消除。大家可以看到我在另一篇对话形式的序言中，是怎样在这点上让读者保持悬念的。一丝不苟的人说我应该爽爽快快说出事情真相。而我看不出为什么非得如此做不可。发表这份没有必要的声明，我相信愚蠢反而多于坦率。

卢梭以为发觉元帅夫人对他厌倦了，他愈加感到局促不安。可是他遇见了这个圈子里的大人物：内阁大臣舒瓦瑟尔、杜·德方夫人、德·莱斯比那斯小姐。

德·卢森堡夫人遣人找寻卢梭的孩子，没有成功。《爱弥儿》出版工作进行很慢，突然他深信是耶稣会的人在捣乱。马勒泽尔布努力劝他安心，卢梭在那著名的四封信中向他坦陈心迹。疾病使他不得太平，处境悲惨。

给德·马勒泽尔布先生的信

我自感死之将近，我的最有价值、最好的那部书竟使我身后留下恶名，一想到这事就心惊肉跳，没法理解这种荒谬绝伦的事怎么居然没叫我送命。我从来没有那么怕死，相信若在这些情况下死去，我是死不瞑目的。可是今天，我看到一个空前险恶、破坏个人声誉的阴谋，毫无阻碍地得到最狠毒的实施。我会死得十分泰然，因为确信我在作品中已留下自己的证据，迟早会战胜别人的阴谋。

德·马勒泽尔布先生见我激动骚乱，听了我的倾诉，苦口婆心地要我镇静，说明他无穷的善意。德·卢森堡先生也勉力相劝，几次到迪歇纳 ① 那里了解书的出版情况。最后总算又开始排版了，进展较为顺利，可是我始终打听不出为什么以前排印搁了下来。德·马勒泽尔布先生费心到蒙莫朗西来消除我的

---

① 巴黎图书商，负责《爱弥儿》的出版。

不安，他成功了，我对他的正直完全信任，这消除了我可怜的头脑中的糊涂想法，也使他劝我回心转意的工作卓有成效。自从看到我焦躁不安，疯疯癫癫，他很自然地觉得我的处境十分值得同情。所以他也这样做了。他周围的哲学家集团又在他的耳边唠唠叨叨。当我要去隐庐住下时，他们像我说过的那样扬言我在那里待不长。当他们看到我坚持不走时，他们又说这是固执、骄傲，不好意思反悔，我在那里其实无聊得要死，生活很不开心。德·马勒泽尔布先生信以为真，写信告诉我这件事。一位让我那么尊重的人有这样的误解，我不能不挂心，给他接连去了四封信，向他说明我行为的真正动机，如实地陈述我的情趣、我的天性、我的性格、我心中的一切想法。这四封信不打草稿，奋笔疾书，一气呵成，甚至没有重读一遍，可能是我一生中唯一写来淋漓酣畅的作品了。令人惊讶的是，我当时还处在痛苦与极度颓丧中。我觉得日趋衰弱，想到在正人君子心目中留下一个对我那么不公正的看法，不免长吁短叹，仓猝间在四封信中勾画出一个轮廓，也算是我努力从某个方面补充正在计划中的回忆录。德·马勒泽尔布先生读了这四封信很高兴，在巴黎广为传播，可作为我在本书中详细叙述的事的一份摘要，从这点来说是值得保存的。在我的资料中可以找到一份抄件，那是他应我的要求而叫人抄录的，几年后寄给了我。

　　一七六二年四月，《社会公约》出版，接着一个月《爱弥儿》也告完成。立刻引起一片惊慌失措的反应。在六月八日到九日夜里，德·孔蒂亲王派人向卢梭通风报信：第二天有人要来逮捕他。六月九日他向朋友告别，半途中与前来抓他的法庭差役交错而过，随即逃离巴黎。六月十四日，他抵达瑞士领土伊弗东，决定停留一段时间观望日内瓦的动静，他还不敢前往那里。

第十二章

（1762年6月—1765年10月）

《爱弥儿》与《社会公约》在日内瓦遭到禁止和烧毁，日内瓦向卢梭关上大门。他被逐出伊弗东，躲进纳沙特尔公国中的莫蒂埃·特拉韦尔。泰蕾兹到那里与他相会。他在那里结交了一位朋友，那是乔治·凯特，苏格兰元帅，代腓特烈二世行使该国的总督职权。

安静的栖身之地

性格相投的奇异效应呀！论年纪这位慈祥老人的心早已丧失了天然热情，却为了我又重新温暖，使每人都感到惊奇。他到莫蒂埃来看我，借口打鹌鹑，在这里住了两天却从来不摸一支枪。我们之间建立了这样一种友谊——因为这样说才恰当——使我们谁也少不了谁。他夏天住在科隆勃里埃城堡，离莫蒂埃六里地，我最多两周去一趟，过上二十四小时，然后像朝圣者那样走回来，心中只惦着他。从前从隐庐到奥博纳，一路上感到的激情当然很不相同，但是它不比我去科隆勃里埃时的激情更亲切。想到这位可敬的老人慈父般的恩情、可爱的美德、温厚的哲理，多少激动的眼泪洒落在途中！我称他为我的父亲，他叫我他的孩子。这两个甜蜜的称呼部分表达了我们相互依恋之情，但是还没有表达出我们相互需要、一刻不停盼望相互接近之意。他说什么也要我住在科隆勃里埃城堡，好长时间催我把我用的那套房间作为正式住所。我最后只好说我在自己家里更自在，我更喜欢一辈子这样来看他。他称赞我这样坦率，也就不再提起。仁慈的勋爵啊！我可敬的父亲啊！此刻想到您，我的心还是多么激动！啊！那些野蛮人！他们把您与我拆开，给了我多大的打击！但是，不，不，高贵的人，您现在和将来对我永远不会变，我也永远不会变。他们欺骗了您，但是他们改变不了您。

没有多久，国王①给元帅勋爵的复信消除了我对避难的不安心情，可以说是勋爵充当了我的好律师。国王陛下不但嘉许他做的事，还交代他——因为没什么要瞒的——赐给我十二路易。仁慈的勋爵接到这项使命感到为难，试图减轻这样的侮慢，把钱换成了实物，对我说他接到圣旨要给我弄些薪炭，开始建立我的小家庭。此外还补充说——可能是他的意思——国王乐意给我盖一幢小房子，如果我愿意择址的话，式样可由我任意设计。后一个赏赐使我很感动，也忘了另一个赏赐的小气。两个赏赐虽一个也没有接受，我把腓特烈二世当做了恩人和保护人，对他感到真诚的倾慕，以致从那时起对他的光荣十分关切，就像以前觉得他的成功十分不义一样。不久他签订了

① 指普鲁士国王腓特烈二世（1712—1786）。

和约①。我点起了十分雅致的彩灯表示欢欣鼓舞：我用一串花环灯装饰我住的那幢房子，我还抱着一种自豪的报复心理，不惜花费了他原来准备赏我的那一笔钱。和约缔结后，我相信他在军事和政治上的光荣已臻顶点，会献身于另一种光荣：让城邦休养生息，农商业振兴繁荣，使土地面貌改观，人民精神焕发，与四周邻国和睦相处，由欧洲恶魔一变成为欧洲仲裁。他可以放下宝剑，不用担心有人逼他重新举起。我看到他没有裁减兵员，怕他不善于因势利导，做个半吊子伟人。我斗胆给他写了一封信，为了取悦他那样性格刚毅的人，采用一种洒脱的口吻，向他呈上很少几位国王有机会听到的神圣的真理之声。我这样放肆完全是秘密的，仅止于他与我两人，连元帅勋爵也不让参与，我把上呈国王的信封了口寄给他。勋爵一声不问内容把信送进了宫。国王没有答复，不久以后元帅勋爵到柏林去，国王对他只说我训了他一通。我才知道我的信叫人看了不快，我在热忱中坦然陈言，被他当做学究的浅陋。实际可能如此，或许我没有说出该说的话，没有使用该用的口吻。我只能保证我执笔时的一片诚心。

迁入莫蒂埃-特拉韦尔后不久，我得到一切保证说不会有人打扰，就穿上了亚美尼亚服饰。这不是一个新的念头。一生中有过好几次，在蒙莫朗西也经常想起，那时频繁使用导尿管，经常关在房里不得外出，感到了穿长袍的种种长处。恰好

① 指结束"七年战争"的巴黎和约（1763年2月10日）和赫伯兹堡条约（同年2月17日）。

有一个亚美尼亚裁缝常来探望他在蒙莫朗西的亲戚，这种方便使我动了心，要趁机做上一批新衣，不怕招来风言风语，这点我本来就不在乎的。可是在换上这套新装以前，我还是愿意听听德·卢森堡夫人的意见，她竭力劝我采用。于是我定做了一小柜亚美尼亚服装。但是冲我而来的风暴使我搁了下来，等到比较平静的时候再穿。只是几个月后，旧病复发，又乞灵于导尿管，并相信在莫蒂埃穿这套奇装异服不会有风险，尤其还征求过当地牧师的意见，他跟我说穿了上教堂也不会引起非议的。我穿长袍，披皮斗篷，戴皮圆帽，系腰带。我这副打扮参加了圣事以后，认为穿着去见元帅勋爵没有什么不妥。总督阁下见我如此装束，一声"萨拉马勒克"①作为招呼。就这样一切定当，我再没穿过其他服装。

彻底放弃文学以后，只想尽量靠自己过一种平静亲切的生活。我单身独处决不会百无聊赖，即使什么事也不做，我的想象力足够把我所有的空闲填得满满实实的。几个人对坐在房里闲聊，专门嚼舌头，这才叫我忍受不了。走路散步倒也罢了，至少腿脚和眼睛还在做点事。待在原地，两臂交叉，议论当天天气，在飞的苍蝇，或者更糟的是相互吹捧，这对我是个难熬的苦刑。为避免生活得像个野人，我想起学习编绦带。我带了我的坐垫去串门，或者像妇人家那样坐在门口干活，跟路人交谈。这使我忍受了妄言妄语，在女邻家消磨时间不感到

---

① 穆斯林的礼貌用语："祝你太平无事。"

厌烦。有几位女邻相当可爱，还不乏才智。其中一位名叫伊莎贝尔·迪韦尔诺瓦，是纳沙特尔检察长的女儿，我觉得她很自重，与她保持一种特殊的友谊，这也使她感到不错。我向她提出有益的忠告，紧要时照顾过她，以致她这位贤妻良母有今天的理智、丈夫、生活和幸福，也许都有我的一份功劳。而我从她那里得到非常亲切的安慰，尤其那个凄凉的冬天，我正受病痛与烦恼的极度折磨，她过来和泰蕾兹与我共度长夜。她懂得用隽永的才智跟我们互诉衷情，使长夜轻易过去。她叫我她的爸爸，我叫她我的女儿，现在还是这样称呼，希望这对她还是像对我一样亲昵。为了使我编的绦子有实际用途，年轻女友结婚时，我送给她们做礼物，条件是她们自己领养孩子。她的姐姐收了这么一份礼物，她没有辜负我的心意，伊莎贝尔同样也有一条，主观意图上同样没有辜负我的心意；但是她没有福气实现自己的意愿。我送她们绦子，同时给各人写了一封信，第一封信流传在外，但是第二封信再这样轰动就会碍事：友谊是不宜这样张扬的。

　　卢梭过着隐居生活，编《音乐词典》，写回忆录。他的同胞的态度使他失望，他放弃日内瓦市民的称号。这个举动使他受特隆香编的《乡村信简》的攻击，他写了《山中信简》作为回答。德·华伦夫人和德·卢森堡元帅相继故世，深深影响了他的心情；后来元帅勋爵又要离开公国。终于，蒙莫林牧师煽动市民反对他。有一夜，有人对他扔石头。他的房

屋遭到袭击，石头纷纷落在他的屋顶上。他离开莫蒂埃，定
居在比安湖中央的圣彼得岛。

重现的天堂

生活来源安定，对其他一切就不放在心上了。虽然听任敌
人在社交界为所欲为，我凭着激发我写作的高贵热忱，保持我
的原则的一贯性，写下了心灵的一份证词，它符合我出自天性
所作的全部行为。我不需要其他的防卫来击退那些诬蔑者，他
们尽可以画出一张人脸，标上我的名字，但是他们只能蒙骗那
些乐意受蒙骗的人。我可以把我的一生交出去，任凭里里外外
的审查。我肯定，通过我的错误与弱点，通过我不能接受任何
桎梏的本性，人们总会发现这个人讲究正义、善良、不恶毒、
不记恨、不嫉妒，很快承认自己的错误，更快忘记别人的错
误，在缠绵悱恻的情欲中寻找他的全部欢乐。事事处处讲究真
诚，甚至到了冒冒失失、令人难信的忘我程度。

我可以说在向我的世纪和同时代人告别，余生关在这座岛
上，无异于正在与世长辞。因为这就是我的决心，在那里打算
实现我过闲散生活的伟大计划，在这以前徒然为此用尽了上帝
赋予我的微力。这座小岛将成为我的巴比玛尼岛 ①——这个睡
眠的乐园：

　　　　那里的人更乐，那里的人不干活 ②。

----

① 巴比玛尼岛为法国作家拉伯雷的假想乐园。
② 引自拉·封丹的寓言诗《巴卜菲基埃尔的魔鬼》。

这个"更"字对我就是一切，因为我对睡眠总是很少留恋，闲散于愿已足。只要什么也不干，我更爱醒着做梦而不愿睡着做梦。订立罗曼蒂克计划的年纪已经一去不返，荣华富贵的烟云更使我脑袋发昏，而不是心里发痒。最后的希望只剩下在过不完的闲暇中优哉游哉生活。这是在另一个世界中有福人的生活，我从今要在这个世界上把它作为我的至高幸福。

那些责备我矛盾百出的人，在这里必然又找出一个矛盾来责备我。我曾说社交界的闲散使我不能容忍社交界，而今追求离群索居也只是为了一个心眼儿地闲散而已。我就是这样的人，如果有矛盾，这是天性使然，不是有意造成的。但是确有点儿小小的矛盾，这恰恰说明我总是我。社交圈子的闲散真是要命，因为它是强加的。独居中的闲散令人愉快，因为它是自由的、自愿的。与人共处时，我是被迫什么事也不做，这对我是残酷的。我必须钉在椅子里，或者木桩似的插在地上，手脚不许动，就是心想也不敢跑、不敢跳、不敢唱、不敢叫、不敢指手画脚，甚至不敢遐想，同时兼有闲散的全部厌烦与拘束的全部苦恼。我有义务注意倾听喋喋不休的全部蠢话，你来我往的全部恭维，不停地消耗脑汁，为了不让自己错过机会也去说上一句胡话与谎言。你把这个叫作闲散？简直是苦役犯的劳工。

我爱的闲散不是游手好闲者的闲散，游手好闲者双臂交叉守在那里，一动不动，既不动作也不思索。这既是儿童的闲散，他不停地动然而什么也不做；也是唠叨者的闲散，他口若悬河但双臂休息。我爱忙些小事，做上一百件，一件也完不成，来来去去全凭心血来潮，时时刻刻改变计划。盯住苍蝇看它旋转飞动，翻开岩石看下面是什么，满腔热情地做十年才完得成的工作，毫不可惜在十分钟后撂下不干，整天东碰西摸，不讲顺序，有头无尾，做什么都逞一时的高兴。

植物学之所以始终得到我的重视，开始成为我的爱好，就因为它是一门闲散的科学，宜于填满我闲暇的全部空隙，而不会引起想象力的谵妄，也不会因完全没事做而厌烦。在树林田野里漫游，信手这里采一朵花，那里折一根树枝，几乎遇上什么啃什么，对同样的东西怀着同样的兴趣看上千遍万遍，因为我总是忘记，这才使我过上千秋万代也不会感到一刻的厌烦。植物的结构不论多么雅致，多么奇妙，多么变化不同，无知的眼睛不会一见就感兴趣的。植物组织中这种恒常的雷同而又无穷的变异，只会使有一定植物系统知识的人异常兴奋。其他人看到自然界的这一切珍藏，只是表示出呆板单调的赞美。他们看不出细部，因为他们连应该看什么也不懂；他们又看不到整体，因为他们对关系和组合的链毫无概念，而行家总是为其中的奥秘苦苦思索。我总是在衰弱的记忆力让我处于这种幸运状态：知道不多，对一切都感新鲜；又知道一点，对一切都能感受。这座岛虽小，却由不同的土壤组成，给我提供不同品种的草木，尽够我一辈子研究和消遣。我要对它们进行分析，一根草也不漏过。我已在搜集有趣的观察所得，准备辑成一大部《圣彼得岛植物志》。

　　我叫泰蕾兹把我的书籍衣物带来。我们寄住在岛上税务员的家里。他的妻子有姐妹住在尼都，她们轮流到岛上作客，也给泰蕾兹作了伴。我在那里体验到一种亲切的生活，真愿意这样了此一生。我感到了这种生活的乐趣，只是使我更体会那么快就接踵而来的生活的苦涩。

　　我一直热爱水，看到它就心驰神往，虽然遐想中经常没有固定的目标。天气好的日子，我起身后就会跑到平台上，呼吸清晨新鲜卫生的空气，放眼远眺美丽湖泊的地平线，湖岸与岸边的山岭令我赏心悦目。我觉得对神的最崇敬的礼赞，莫过于保持因欣赏他的创造物引起而又不能化为言辞的这种沉默。城市居民看到的只是墙壁、马路和犯罪，我理解他们为什么很少宗教信仰，但是不能理解乡下人，尤其独居的人怎么也会没有宗教信仰。他们目睹种种神奇，天天成百次地悠然面对它们的创造主，灵魂怎么还会不升华呢？而我，尤其起床时际，失眠后疲惫不堪，长期的习惯使我达到这类心灵升华，决不会使思想劳累。但是这样做非要有大自然的奇景映入眼帘不可。我待在房里，祈祷的次数少，言语也枯燥。但是一看到美妙风光，也不知是其中什么使我深受感动。我在书中读到一位明哲的主教巡视他的教区，见一个老妇人祈祷时只会说："哦！"他对她说："好妈妈，永远这样祈祷下去，您的祈祷比我们的祈祷都要有价值。"这个最好的祈祷也是我的祈祷。

　　早餐以后，我绷着脸匆匆写完几封无可奈何的信，热切盼望不用再写的那个幸福时刻。在书籍文件旁边忙碌一会儿，对它们拆开整理更多于阅读。这项整理工作对我像是珀涅罗珀的织布①，给我一种消磨时光的乐趣。这以后我厌了，就扔下这工作，早晨还有三四小时学习植物学，尤其学习里奈②系统，我对这系统有一种热情，就是发现它有疏漏谬误后还是感情不变。这位伟大的观察家叫我高兴的是直到今天，唯有他与路德维希③用自然学家和哲学家的眼光对待植物学。可是他在标本室和植物园里研究得太多，而对大自然本身研究不够。我把全岛作为我的植物园，有必要进行或证实某种观察时，立即夹了一本书跑进树林和野地，在作为研究对象的植物旁边躺下，从容进行现场观察。为了了解未经人工培植和变性以前在自然状态下的植物，这种方法对我帮助很大。有人说路易十四的首席御医法贡④，对皇家花园的草木花卉无不叫得出名称，并了解其特性，但到了乡野竟无知得见了什么也不认识。我恰恰相反，对自然中的草木略知一二，对园丁的作物则一窍不通。

下午时间，我听任慵懒的性情的安排，做事毫无规则全凭一时冲动。风平浪静的天气，我经常离开饭桌后立刻独自跳进一叶小舟，税务员教会我用单桨划船，我朝湖心划去。离岸漂走时我快活得发颤，说不出也不理解其中的原因，也许在暗中庆幸那时逃出了恶人的掌心。独自在湖中漂流，有时靠近水边，但从不登岸。由着小舟风吹水摇，我也漫无目的地遐想，

① 事见古希腊荷马《奥德赛》。尤利西斯参加特洛伊远征，在海上漂泊十年。许多人向他的妻子珀涅罗珀求婚，她佯称织完手里这块布再选择对象。白天织，晚上拆，直到尤利西斯回家布还没有织完。
② 卡尔·冯·里奈（1707—1778），瑞典植物学家，创造一种动植物分类法。
③ 克里斯蒂安·路德维希（1709—1773），德国植物学家。
④ 居伊·克雷桑·法贡（1638—1718），路易十四首席御医，皇家花园（今植物园）主任。

尽管人待在原地，遐想依然很甜蜜。我有时动情地喊："自然啊，我的母亲！在这里唯有你守护着我，在这里没有一个奸诈之徒插在你与我之间！"就这样我离岸也有半里远，多么希望这湖是一片海洋。可是我的那条狗不像我那样爱在水面上长时间停留，为了迎合我那可怜的狗，通常抱着散步的目的登上那座荒岛，漫步走上一两小时，或者躺在土墩顶的草地上，饱览周围的湖光山色，观察和解剖伸手可采的草木，好像又是一个鲁滨逊，在岛上给自己建造一间想象的小屋。我非常留恋这个土丘。领着泰蕾兹携同税务员太太和她的姐妹时，我是多么骄傲地做她们的船夫和导游。我们隆重地带了几只兔子到岛上繁殖，这是让-雅克的又一个节日。这种放生工作使我觉得小岛更有趣了。从那时起，我去得更勤，兴趣更浓，为了寻找这些新居民生长的踪迹。

除了这些消遣外，还有另一桩事使我想起秀美园的甜蜜生活，这也是季节对我的一种邀请。这是穿插在收获季节的田间劳动，与税务员一家分享蔬菜水果，这正是泰蕾兹和我的一种乐趣。记得有一个伯尔尼人，名叫寇奇伯格，他来看我，见我蹲在一棵大树上，腰间一只大口袋装满苹果，重得我不能动弹。对这次以及其他类似的相遇，我并不生气。我希望伯尔尼人亲眼看到我如何利用闲暇，不要来打扰我的安宁，让我在孤居中静静过下去。如果我关在这里是出于他们的意志，不是出于我的意志，我会高兴得多，这样更可以放心我的休息不会遭到破坏了。

下面是另一个这样的表白，可以预料读者看了不会相信，因为他们执意要以自己的眼光评判我，虽然他们没法不看到在我的一生中内心千百种思绪都与他们不太相像。最奇怪的是，他们一边不承认我有他们所没有的善良或淡泊，一边总是乐意把那些坏得没法在人心中产生的感情加在我的身上。于是他们觉得最简单的方法是把我与自然对立，把我说成是古今未有的大怪物。有一件事可使我受损时，再荒谬他们看来也是可信的；有一件事可令我增光时，再了不起他们看来也是不可能的。

但是，不论他们在这方面能相信什么或说什么，我依然继续如实地说出让-雅克·卢梭过去是什么样的人，做了些什么，想了些什么，决不去解释或辩护他思想感情中与众不同之处，也不去深究有没有其他人跟他的想法一样。我对圣彼得岛感到那么大的兴趣，岛上生活使我那么满意，我的一切心愿在岛上多次实现以后，我又作出了再不走出此岛的心愿。我难免要到邻近地区访问，我还该到纳沙特尔、比安、伊弗东、尼都去办事，想起这些事情我的脑子就累了。到岛外过上一天，我就像被剥夺了幸福；走出湖的四边，就像离开了空气。此外，昔日的经历使我不寒而栗。只要某件好事使我喜悦，我必然预料它会被我失去。在岛上安度晚年的热望日夜伴随着总会无奈离开此岛的忧虑。我养成了习惯，天天晚上走去坐在湖岸上，尤其湖面起风的时候。看到波涛卷到脚下撞得粉碎，感到一种奇异的乐趣。把它象征为世道的纷扰与寒舍的宁静。有时想到这里心头亲切感动，不由眼泪夺眶而出。我怀着深情享受的这份安宁，只是担忧失去才受到骚扰。这种担忧竟然损害到它的甘美。我感到自己的处境不堪一击，简直不敢寄予希望。啊！我对自己说，多么愿意用离开此岛的自由——那是我毫不在意的——去换取永久居留此岛的保证。我多么愿意被强迫囚禁于此而不是蒙恩准寄居岛上！那些准我留在这里的人随时可以把我驱逐出去，我还能期望我的迫害者看到了我幸福，会继续让我幸福下去吗？啊！允许我住在这里这算不得什么，我要的是判决我住在这里，我要被强制留在这里，而不是被强制逐出这里。我对幸运的米歇里·杜·克莱斯特①投以艳羡的目光，他关在阿尔堡安安静静，只要愿意就可以得到幸福。总之，老是这样胡思乱想，老是不安地预感新的风暴随时会压到我的身上，我渐渐地抱着令人难信的热忱，期望他们不是仅仅容忍我暂住岛上，而是把该岛作为我的终身监狱！我可以发誓，如果对我判不判刑能取决于我，我会以最大的欢悦去这样做，万分乐意接受在此度过余生的强制，而不愿有驱逐出境的危险。

　　伯尔尼议院最后还是命令他离开该岛，他启程欲去波茨坦找元帅勋爵，事实上他去了英国。

---

① 因攻击日内瓦当局被囚禁在阿尔堡。